Geschichten und Gedichte

BoD™
BOOKS on DEMAND

Ursula Kockelke

Geschichten und Gedichte

Bibliografische Information der Deutschen Nationalbibliothek:

Die Deutsche Nationalbibliothek verzeichnet diese Publikation in der Deutschen Nationalbibliografie; detaillierte bibliografische Daten sind im Internet über http://dnb.dnb.de abrufbar.

Herstellung und Verlag: BoD – Books on Demand, Norderstedt

ISBN: 978-3-7448-1609-0

Inhaltsverzeichnis

Sommerblumen auf der Wiese.................................... 7

Der Lagerist... 23

Die Folgen eines nicht normalen Zahnarztbesuches

.... 38

Ein außergewöhnlicher Fahrstuhl........................... 52

Die Kirche und Bibel, eine Gebrauchsanweisung fürs

Leben? 78

Ostern für Singles 83

Wilkos Rache 87

Dokterspiele 101

Wolkenkind... 110

Der Stuhl... 126

Vier vom gleichen Geschlecht. 134

Lesung... 159

Historisches Ereignis... 164

Mein Horoskop: 175

Susannes Traum 178

Tor zu einer anderen Welt.................................. 185

Eine Relieftapete 205

Eine kleine Erdbeere.. 213

Das Essen 215

Der Einkauf 217

Im Laden 221

Die Straße 225

Eine von Vielen 227

Von eingeschlafenen Füßen 229

Sommerblumen auf der Wiese

Malte, immer zwei Stufen auf einmal nehmend, stürmt die Treppe ins Obergeschoss hinauf.

Er poltert an die Zimmertüre seiner „kleinen" Schwester und ruft: „Mariechen aufstehen. Heute wollen wir doch zur Wiese".

Da Mariechen nicht antwortet, stößt er die Tür auf und stellt zu seiner Überraschung fest, dass das Bett gemacht ist, und keine Schwester anwesend. Er rutscht das Gelände herunter, reißt die Küchentür auf und wird mit den Worten begrüßt: „Ich hab gewonnen, ich war zuerst in der Küche".

„So war das nicht abgemacht. Du hast dich nicht einmal gewaschen". Waschen, was ist das, wir haben doch Ferien. Mein Körper hat auch das Recht auf Urlaub". Mariechen grinst und streckt ihm die Zunge raus. Ehe die Zwillinge sich streiten greift die Mutter ein. „Wenn ihr bis zum Wochenende die große Wiese von Onkel Hannes erkunden wollt, bevor euer Vater nach Hause kommt, müsst ihr euch schon sputen. Holt doch bitte mal den Laptop her, ich möchte gerne noch einen Blick darauf werfen und sehen, was wir im letzten Jahr auf der Wiese an Sommerblumen fanden. Achtet darauf, welche neuen Blumen sich angesiedelt haben".

Der Vater von Beruf Ornithologe weilt zurzeit in Afrika. Seit seiner Abreise ist ca. ein Jahr vergangen.

Die Zwillinge wollen den Vater mit einem genauen Bericht der Wiese überraschen.

Onkel Hannes, vor 5 Jahren verstorben, hatte keine Nachkommen. Somit erbte seine Schwester den Hof mit 80 Hektar Land. Die Eltern waren sich einig, dass ihr Einfamilienhaus verkauft wird, und sie in das renovierte, reetgedeckte Bauernhaus des Onkels umziehen. In dem Jahr der Abwesenheit des Vaters war es dann soweit. Mit dem Beginn der Ferien zog die Mutter mit den Kindern um.

Besagte Wiese wurde vom Onkel seit Jahren nicht mehr bewirtschaftet. Er ließ der Natur freien Lauf.

Einmal im Jahr wird die Wiese, die eine Größe von ca. 2 Hektar aufweist, gemäht.

Die Feldsteine, die gefunden werden, legt man in der Mitte ab. Der Steinhaufen ist auf 10 Meter Länge und drei Meter Breite angewachsen. Malte mit seinen 10 Jahren, hoch aufgeschossen, kann nicht mehr über die Steine sehen. Mit einem Teich wurde im letzten Jahr begonnen.

70 Hektar Land sind verpachtet.

Malte exakt 31 Minuten älter, und größer als seine Schwester, behandelt Mariechen manchmal wie ein Kleinkind. Oft führt das zu Streitigkeiten. Schnell vertragen sie sich aber wieder.

Er schlingt sein Brötchen runter und wickelt eins zum Mitnehmen ein.

„Nu mach schon, wir wollen doch los". Die Mutter wendet sich an Malte: „Lass sie in Ruhe aufessen, Essen und die Trinkflaschen sind bereits im Korb. Es ist jetzt schon sehr warm, denkt daran genug zu trinken.

Du kannst schon mal die Fahrräder aus dem Schuppen holen".

Malte schlendert mit den Worten los „wie lange soll ich denn noch auf meine kleine Schwester warten"? Sagt es und bringt sich schnell in Sicherheit, bevor sie ihm Schuhe hinter her wirft.

Sie hasst es, wenn er den großen Bruder heraus kehrt, nur weil er 31 Minuten älter ist.

Malte kommt noch einmal zurück. „Fast hätte ich meinen Laptop vergessen. Ohne den kann ich die Veränderungen vom vorigen Jahr bis heute nicht eintragen".

Inzwischen ist sie fertig, und gemeinsam ziehen die Beiden los.

15 Minuten radeln die Zwei einträchtig neben einander. Mariechen plappert die ganze Zeit und malt ihrem Bruder aus, wie stolz der Vater auf sie Beide sein wird, wenn er die Dokumentation der letzten 2 Jahre in Händen hält.

Noch nicht ganz am Ziel, steigt Mariechen vom Fahrrad ab und zeigt auf die Wiese. „Ist es Einbildung oder fliegen tatsächlich Blüten durch die Luft"? Der Bruder: „Ich glaube, es könnten kleine Vögel sein, die sich wie bunte Wellen über der Wiese bewegen. Weißt du, bei Windstille fliegen keine Blüten durch die Luft". Sie brummt: „Ich mein ja nur".

„Aua", Mariechen greift sich an den Arm, es blutet. Malte ist besorgt: „Lass mich mal sehen. Ist nicht so schlimm, muss von dem Brombeerzweig sein". „Siehst du irgendwo Spitzwegerich"? „Was willst du denn damit". Er bückt sich. Genau vor seinen Füssen entfernt er ein Blatt von einer Pflanze und fragt: „Meinst du die Pflanze, die Mama immer mitbringt gegen Entzündungen"? „Ja, genau die".

Stolz gibt er ihr das Blatt. Mama macht das auch immer so. Sie zerkaut das Blatt und streicht den Brei demonstrativ auf den kleinen Kratzer. Malte sieht seine Schwester fragend an. „Und das soll helfen"?

Gemeinsam mit den Eltern wurden vor zwei Jahren im Süden Büsche angepflanzt. Er weist auf die Büsche im Hintergrund. „Man sind die gewachsen". Mariechen antwortet aufgeregt, „das ist ja ein richtiges Blütenmeer. So ein Mist, das Buch der Büsche habe ich vergessen".

Bei der Wiese angekommen lehnen sie die Fahrräder aneinander.

Malte klemmt sich seinen Laptop unter den linken Arm. Rechts trägt er den Korb mit den Trinkflaschen, den Brötchen für den kleinen Hunger zwischen durch und den Bestimmungsbüchern. Er ist ganz Kavalier. Den Kescher darf Mariechen tragen. So ausgerüstet betreten die Zwillinge

vorsichtig, einen Fuß vor den anderen setzend, die Wiese. Das Ziel ist der Steinhaufen, um dort den Korb zu deponieren.

„Sieh nur die vielen Kornblumen, den Klatschmohn, die Margeriten und Kamille. Die Kräuter von Mamas Kräuterbeet haben sich überall aus gesät". Mariechen bückt sich und riecht an einer Zitronenmelisse. Riecht das gut nach Zitrone, zupft ein Blatt ab und isst es. Malte ein gutes Stück voraus, bleibt plötzlich stehen und hebt etwas auf. Er ruft: „Komm her, hier ist ein komischer Käfer, beeil dich, bevor er sich verkriecht".

Bei Malte angekommen, hält sie die Hand auf und er übergibt ihr den komischen Käfer. „Musst du mich immer so verarschen"? So wie sich der Mistkäfer in ihrer Hand befindet, landet er in Maltes Gesicht. Er grinst. „Das ist wegen heute Morgen."

„Pass auf wo du hintrittst. Du weißt doch, Mistkäfer, da ist die Scheiße nicht weit. Roll nicht so mit den Augen. Mama ist doch nicht hier. Wie wär's denn mit unverwertbarem Essen das den Körper verlassen hat". Mariechen pufft ihren Bruder in die Seite.

„Da schau nur, mitten im Klatschmohn, vereinzelter Wiesenstorchschnabel und wieder viele Margeriten ". Sie pflückt eine Margerite ab und führt sie zur Nase. Entsetzt schmeißt sie sie weg. „Was ist denn mit dir los"? Sie nimmt die Margerite wieder auf, und hält sie dem Bruder unter die Nase. „Riech selber". Angewidert dreht er den Kopf zur Seite. „Ich dachte Blumen duften so gut wie sie aussehen. Das sie aber auch stinken können, ist mir neu". Sie schüttelt den

Kopf, „hatte ich total vergessen. Hier sind kleine Wiesenknöpfe, das musst du sofort eintragen. Mama wird sich freuen, wieder eine Blume, die wir im vorigen Jahr noch nicht sahen".

Der Steinhügel ist erreicht. Mariechen ist ganz aufgeregt, „Malte, Malte sieh mal diesen langen Regenwurm". Malte nimmt den „Regenwurm" zum besseren Betrachten in die Hand. „Aber Schwesterchen, das ist doch kein Regenwurm, das ist eine Schleiche". Ungläubig sieht sie ihren Bruder an. Malte weist auf den kleinen Kopf hin, und führt weiter aus, dass es sich um eine Eidechse ohne Beine handelt. „Wenn du mir nicht glaubst, dann sieh in dem Buch über Amphibien nach". „Schleiche, verarschst du mich schon wieder"? Er spricht ganz langsam „Blindschleiche, das kennst du bestimmt". Tatsächlich, muss er immer Recht haben?

Malte nimmt seinen Laptop und beginnt mit seiner „Arbeit". „Siehst du noch andere Tiere?"

„Nein, trag erst die Blumen und Steingewächse ein". Das ist etwas, das die Schwester besser weiß.

Malte kommt mit dem Eintippen der vielen Namen nicht nach. Nelkenwurz, Dach Wurz, Mauerpfeffer, Steinbrech die, wie auswendig gelernt, aus ihr heraussprudeln. „Langsam, ich bin kein Profi. Wie kann man sich das nur alles merken"?

Die Augen des Mädchen wandern über die Wiese, und bleiben an einer alles überragenden Pflanze hängen.

„Malte schau mal, hast du eine Ahnung was das sein könnte"? „Wenn du das nicht weißt, wie soll ich das wissen. Riech daran oder sieh nach, wozu hast du das Buch mit". Der Geruch sagt ihr nichts.

Sie blättert im Blumenbuch und konzentriert sich auf die Bilder. „Finde ich nicht". „Lass mich mal", Malte nimmt ihr das Buch aus der Hand. Auch er findet nichts.

Inzwischen ist es noch wärmer geworden. Die Wiese betört mit den vielen Gerüchen. Mariechen ist begeistert von den verschiedenen Schmetterlingen, die bei jedem Schritt auffliegen. „Ist dir schon aufgefallen, dass deine kleinen Vögel sich in Schmetterlinge verwandelt haben?" Die Zwillinge lachen. Keiner hatte Recht. „Wie das duftet". Mariechen hat Schwierigkeiten, die verschiedenen Gerüche den entsprechenden Blumen zu zu ordnen. Unzählige verschiedene Falter und Bienen besiedeln eine weiße Baudelaire. Das Summen der Bienen ist nicht zu überhören. Vereinzelte Wespen haben sich auch eingefunden. „Sieh nur da vorne Wiesenschaumkraut, vereinzelte Küchenschellen und Kamille".

Malte setzt sich auf den Boden und schreibt. Viele neue Blumen, die im vorigen Jahr nicht zu sehen waren, ergänzen die Vielfalt und Farbenpracht. „Ehrlich, wenn du das auch nicht glaubst, ich könnte den ganzen Tag hier sitzen, und alles in mich aufnehmen, es ist so friedlich. Kein Trecker oder andere Geräusche, einfach wunder schön". Mariechen schaut verdutzt, „du hast dich doch noch nie so richtig für Blumen interessiert". „Wie muss es im Paradies erst ausgesehen haben, noch viel bunter und reicher an Düften".

Die Schwester ist sprachlos. Was ist mit dem Bruder los. Wenn sie das der Mutter erzählt, glaubt sie ihr bestimmt nicht. Die Zwei stehen da und sind überwältigt. „Es ist schade, dass Onkel Hannes nicht mehr lebt, und diese Pracht genießen kann", brabbelt sie leise vor sich hin.

Eine Spur, die durch die Wiese führt, lenkt die Zwei ab. Sie folgen ihr bis zum Kräuterbeet der Mutter. Komisch, die Mutter war in diesem Jahr noch nicht zur Wiese. Trotzdem sind Kräuter abgeerntet. „Sieh mal darüber, da liegt doch ein Strohhut". Malte stolpert und hebt einen Schuh auf. „Wir haben Ferien und werden ganz oft die Wiese aufsuchen und herausfinden, wer sich hier herumtreibt und Mamas Kräuter klaut". Malte sieht sich schon als Detektiv mit einer Kamera durch die Wiese robben. „Ich glaube, das ist zu gefährlich und nichts für Mädchen. Ich nehme besser Thomas und Heiner mit". „Kommt überhaupt nicht in Frage, ich gehe ganz bestimmt mit, und leih mir für den Notfall Mamas Handy aus". „Abgemacht", sie geben sich die Hand.

Mariechen durchblättert noch einmal das Kräuterbuch. „Ich hab`s gefunden, die riesige Pflanze ist ein Sauerampfer. Kannst du schon mal mit ins Verzeichnis aufnehmen". Sie schließt die Augen und sitzt still. Malte schaut irritiert hoch, „was wird das denn"? „Nimm irgendetwas; ich rate, was du mir unter die Nase hältst". „Mal sehen, ob du richtig rätst", Malte hält ihr einen Stiel mit lila farbenen Blüten hin. Unverwechselbarer Duft strömt in ihre Nase. „Das ist leicht, es ist Lavendel". Gib mir das Buch, dann kann ich nachsehen ob du richtig liegst, bevor du die Augen wieder öffnest. Tatsächlich, hier das nächste". Mariechen lässt sich viel Zeit, so als wüsste sie es nicht. Malte schließt ebenfalls die Augen und riecht am Lavendel und an dem, was sie als nächstes raten soll. Mit geschlossenen Augen riecht er den Unterschied. „Sag schon was riechst du jetzt"? Dill ist ihre Antwort. Im Buch findet er bei Dill die genaue Abbildung. „Wieder richtig, alle guten Dinge sind drei". Er nimmt dieses Mal ganz kleine Blätter und hofft, dass sie falsch rät. Sie reibt am Blatt und schon kommt die

Antwort. „Oregano". Malte hat keine Lust mehr und lenkt ab.

„Igelkacke, du sitzt auf Igelkacke", sofort schlägt sie die Augen auf. „Angeschmiert, die Kacke findest du ein Stückchen weiter". Sie boxt nach ihm, verfehlt ihn aber, da er schon die Flucht ergriffen hat. Nach einigem Suchen sieht sie die typischen kleinen schwarzen Würstchen, die nur Igel hinterlassen. Das hat ihr gerade noch gefehlt. Das riecht abartig fies. Auf dem Kot befindet sich eine Nacktschnecke. Der Schnecke schmeckt es.

Im vergangenen Herbst trugen die Zwillinge abgebrochene Äste, Zweige, Blätter und den Mähabschnitt zu einen Haufen zusammen, in der Hoffnung ein artgerechtes Winterquartier für Igel geschaffen zu haben. „Kannst du dich an unseren Sandkasten erinnern"? Malte schaut sich um: „Der müsste in der Nähe der Steine sein. Wahrscheinlich da, wo die Blindschleiche ist".

Um sie herum überall gelbe Schafgabe bevölkert von unzähligen Insekten, die bei jeder Bewegung auffliegen. „Malte riech doch einmal an der Schafgabe". „Warum"? „Nu mach schon". „Dein Wort ist mir Befehl", er bückt sich und schnellt angewidert in die Höhe. „Das Zeug gehört zu den Margeriten. Die Blüte gefällt mir aber gut. Sie ähnelt einem runden Noppenkissen".

Vereinzelte Gräser befinden sich überall zwischen den Blumen. Neben wildem Hafer zeigt Mariechen auf ein zartes Gras. „Das filigrane, weiche genau vor dir, heißt Zittergras". Mariechen fordert ihren Bruder auf, es zu berühren. Er kommt der Aufforderung nach, und berührt das Gras. Er zieht die Hand weg, und das Gras zittert durch die Berührung nach.

Wieder wird alles eingetippt. Es geht weiter zum angelegten Teich. Pflanzen hatten sie dort noch nicht eingesetzt. „Wozu hast du eigentlich den Kescher mitgenommen"? „Weiß nicht, hätte ja sein können, dass ich Schmetterlinge entdecke, die ich nicht kenne. Schade keine Libelle zu sehen".

Unter der Wasseroberfläche sieht es grün aus. Langsam gehen sie um den Teich. Malte, der nach Tieren Ausschau hält, entdeckt die erste Erdkröte, als er einen Blätterhaufen untersucht.

Bis jetzt war der Vormittag sehr erfolgreich.

„Da auf dem Wasser, sind das nicht Wasservergissmeinnicht"? „Keine Ahnung, etwas schimmert blau, lass uns näher hin gehen". Mariechen schwärmt.

„ Tatsächlich, die ersten Wasservergissmeinnicht".

„Hier ist schon wieder eine Spur. Sie führt nach Süden zu den Büschen. Komm lass uns nachsehen". Der Geruch von Pfefferminz und Zitronenmelisse dringt in ihre Nasen. Die Schwester steckt sich Blättchen in die Nase, so kann sie den Geruch länger genießen.

Bei dem Anblick kriegt sich Malte vor Lachen nicht mehr ein. „Schade, dass ich keinen Fotoapparat dabei habe".

Für den Nachmittagstee pflücken sie Blätter. „Die Mutter wird sich freuen, endlich kann sie wieder frischen Tee auf den Tisch bringen."

Bei den Büschen angekommen, sehen sie: Die Wiese hinter den Büschen ca. drei Meter bis zum Wall ist tot. Malte weist auf ein stinkendes, braunes Rinnsal hin, das vom verpachteten Acker kommt.

„Wir müssen sofort nach Hause und erzählen, was wir gefunden haben. Um die Wiese herum darf nicht mit Gülle gedüngt werden. Das war die Bedingung, die Mama und Papa den Pächtern auf erlegten".

Gut das der Vater am Wochenende nach Hause kommt. Sie schwingen sich auf die Räder und radeln nach Hause.

Der Lagerist

Als Lagerist hat Harm nicht viel zu tun. Da Frühstückspause ist, setzt er sich in seinen Bereich, packt sein Frühstück aus, widmet sich den Illustrierten, und lässt es sich gut gehen.

Er interessiert sich nur für die Seiten, die ihn in die richtige Stimmung versetzen.

Zu Hause kann er dann all die Phantasien, die seine Gedanken beschäftigen, auskosten.

Gegessen hat er in der Kantine. Egal was es ist, ihm schmeckt es immer. So ganz nebenbei, man sieht ihm seine Gier nach Essen an. Rund wie eine Kugel wird er, die Kur ist genehmigt, in drei Wochen abspecken.

Bis zum Feierabend quält er sich mit seinen Gedanken über die Runden. Endlich, es ist so weit, er verlässt das Werksgelände.

Auf dem Beifahrersitz bemerkt er einen Zettel, darauf steht - Eier abholen.

>Hat sie gestern keine Eier mitgebracht? Was macht sie eigentlich den ganzen Tag? Als gelernte Kinderpflegerin wird sie wohl einige Stunden, neben den eigenen, auf fremde Kinder aufpassen können. Wie immer die Eier abholen, und den Haushalt versorgen, ist doch keine Arbeit. <

Ab und zu hilft sie, wenn jemand ausfällt, auch noch nachts bei der Post im Paketdienst.

Nur sich und seine Bedürfnisse sieht er. Er ist ein Egoist hoch zehn.

Frauen benutzt man. Man sagt ihnen, wie die Zeit einzuteilen ist und vor allem, wo gespart werden kann.

Fürchterlichen Streit gab es, als sie Brötchen beim Bäcker neben an kaufte. Im Supermarkt, bei zehn Brötchen, werden zwei Euro siebzig gespart.

Nur wegen Brötchen zwanzig Minuten durch den Ort fahren, hätte viel mehr gekostet. So weit reicht das Gehirn eines Rechengenies (dafür hält er sich) nicht.

Er sucht jede Gelegenheit zum Stänkern.

Diese Gedanken heben nicht gerade seine Stimmung. Er fährt zu schnell, und verpasst die Abzweigung. Wütend setzt er den Mercedes zurück.

Einige Minuten später fährt er auf den Parkplatz des Bauernhofes.

Hühner konnten aus dem Freigehege, das sich hinter dem Haus befindet, entkommen und laufen überall herum.

Er steigt aus, und vergisst die Autotür zu schließen. Harm eilt zum Eingang und läutet. Da ihm nicht geöffnet wird, begibt er sich zur Scheune.

Ehepaar Schulte eilt ihm entgegen.

„Bitte helfen sie uns die Hühner ins Freigehege zurück zu treiben". Den Blick auf das Ehepaar gerichtet, übersieht er die Hinterlassenschaft der Hühner. Zielgenau finden seine Füße die nächste Hühnerkacke. Er rutscht aus. Matsch-spuren und Hühnerdreck veredeln seine Kleidung.

Erfolglos bemüht er sich, den Schmutz zu beseitigen.

Hühner dahin treiben, wo sie ausgebüxt sind, das dauert.

Er schwitzt von der ungewohnten Tätigkeit, ist hungrig und verärgert.

Endlich, es ist geschafft.

„Wollen sie die Eier abholen. Warum kommt ihre Frau nicht, sie ist doch nicht krank"?

Mit diesen Worten begeben sich Schultes und Harm zum Nebengebäude.

Bei dem körperlichen Einsatz beginnt er zu rechnen. Eine halbe Stunde länger im Betrieb, wären sicher 10,5o Euro mehr im Geldbeutel.

Um den Preis der Eier feilscht er. 1 Cent pro Ei weniger, darauf lässt sich das Ehepaar nicht ein. Nach etlichem Hin und Her wird die Hälfte der Knickeier nicht berechnet. Bevor die Eier eingeladen werden, wird Harm für kurze Zeit seine Wut los. Im Auto befinden sich Hühner, die gackernd und flügelschlagend flüchten wollen. Wild gestikulierend und schreiend läuft er um das Auto herum. Vor Aufregung verziert das Federvieh die Sitze. Krebsrot im Gesicht mit lauter Stimme, wendet sich Harm an Ehepaar Schulte: „Die Reinigung bezahlen sie, das sind ja schließlich ihre Hühner, die diese Schweinerei verursacht haben".

Der Bauer ganz gelassen: „Wenn sie vergessen die Autotür zu schließen, und sich einbilden, dass wir für die Reinigung aufkommen, irren sie sich gewaltig".

Wortlos werden 250 Eier eingeladen. Harm verlässt den Hof. Während der Fahrt angelt er vergeblich nach dem Kotelett, das er in der werkseigenen Kantine mit gehen ließ. Bei der Rotphase einer Ampel endlich, findet er es auf dem Boden des Beifahrersitzes. Nicht mehr eingewickelt beißt er in das Kotelett.

Hinter ihm hupt es. Die Ampel zeigt grün. Harm, der mit dem Kotelett beschäftigt ist, ignoriert das Hupen. Das Hupen schwillt zu einem fragwürdigen

Konzert an. Gerade als er anfahren will, springt die Ampel erneut auf Rot. Das fettige Kotelett fällt zu Boden. Mit Hühnerkot behaftet, wandert es, obwohl es komisch schmeckt, in seinen Magen.

Zu Hause angekommen, lässt er den Mercedes auf der Straße stehen. Er will heute noch mit seiner Frau zu den Hochhäusern, und die Eier verkaufen.

Dem Mann ist übel. Er ist satt. Trotzdem zwingt er die Reste vom Mittagessen in sich hinein. Ihm dreht sich der Magen um.

„Frau, was hast du mit dem Mittagessen gemacht? Ich muss gleich kotzen".

„Den Kindern und mir ist alles gut bekommen. Denk lieber darüber nach, was du inzwischen alles in dich hinein gestopft hast. Schadet dir nichts. Guck dich doch an, meinst du, das kommt vom nichts essen"?

„Ich kann das Essen doch nicht verkommen lassen". Spricht, rennt zur Toilette und übergibt sich.

Blass kehrt er zurück und beklagt sich, dass es ihm noch nicht besser geht.

„Ich brauch dein Mitleid nicht. Sieh zu, dass du die Eier heute noch verkaufst".

Annemarie ist von der Hausarbeit und dem Hüten der fremden Kinder erschöpft. Sie kennt seine Wutausbrüche. Um dem Streit aus dem Weg zu gehen, nimmt sie die Jüngste, die noch nicht laufen kann, auf den Arm und verlässt das Haus.

Da er dieses Mal nicht dabei ist, sucht sie die Hochhäuser mit einem funktionierenden Fahrstuhl aus.

Ist ihr Mann beim Eierverkauf anwesend, sieht man eine Frau mit einem Kind auf dem Arm, in der anderen Hand einen Korb mit Eiern, zu den Hochhäusern gehen, während er im Auto sitzt und wartet. Ist der Fahrstuhl defekt, verlangt er, dass sie die Treppen, auch mit dem Kind, hinauf steigt. Sein Motto: Mit einem Kleinkind kann man mehr Eier verkaufen.

Eine Hälfte der Eier bringt sie wieder mit nach Hause.

„Nicht einmal ein paar Eier verkaufen kannst du. Hast du im Auto gesessen und geschlafen? Während ich mich hier vor Schmerzen krümmte? Morgen muss ich schließlich wieder fit sein für die Arbeit. Da kann ich mich nicht ausruhen. Beim nächsten Mal können die Großen auch mitgehen, und die restlichen Eier verkaufen. Nachschub kannst du gleich anschließend holen. Zu den Finanzen solltest du in Zukunft etwas mehr Geld beisteuern."

Sie antwortet nicht, versorgt die Kinder und räumt die Küche auf. Sie möchte jetzt nur noch eins. Schlafen, in Ruhe schlafen.

Er legt sich neben sie und fummelt an ihr herum.

„Bitte, ich bin völlig fertig, lass mich in Ruhe, ich bin müde".

„Kennst du nicht die Pflichten einer Ehefrau"?

Harms Leben wird vom Sex regiert.

Bevor er zur Arbeit geht, kommt er wieder und nachts, wenn er nicht schlafen kann, pocht er auf sein Recht. Dieser Mann ist einfach widerlich.

Teilnahmslos liegt sie im Bett neben ihm. Ihre Gedanken wandern zurück, er wälzt sich auf seine Frau, und arbeitet sich ab.

Was soll daran schön sein. Es ekelt sie. Keine Zärtlichkeiten, kein nettes Wort.

Ihre Stieftochter, drängt immer und immer wieder: „Mama, warum erträgst du meinen Vater? Lass dich scheiden. Mit Klara helfe ich dir. Die beiden Jungen können ja bei ihrem Vater bleiben. Sie sind alt genug.

Vor der Arbeit bringe ich die Kleine in die Kita. Du holst sie ab, und den Abend können wir gemeinsam ohne Streit verbringen. Das Leben ohne meinen Vater wird richtig schön."

„Vergiss eins nicht, in guten wie in schlechten Tagen, so sind wir vor unseren Schöpfer getreten. Bis das der Tod euch scheidet."

„Ich bin davon überzeugt, dass meine Mutter an Krebs vor Kummer gestorben ist. Willst du dich von ihm auch kaputt machen lassen? Lass dich endlich scheiden."

„Keine Diskussion, du kennst meine Einstellung. Der Herr allein weiß, warum er mir dieses Leben auferlegt hat."

Silvia liebt alle Blumen, vor allem die Fingerhüte, die sich im Garten ausgebreitet haben.

Jeden Tag pflückt sie einige und trocknet sie. In einer Kladde befinden sich unzählige verschiedene Blumen. Die Blätter der Fingerhüte bewahrt sie sorgfältig in einer Schachtel auf. Ihnen schenkt sie die größte Aufmerksamkeit.

Ihr Vater, von der Kur zurück, ist noch unausstehlicher als sonst.

„Mama, wenn du dich nicht von ihm trennst, gehe ich fort."

Annemarie versucht Silvia zu beruhigen.

„Er kriegt sich bestimmt wieder ein."

Silvia hat endgültig die Nase voll. Vor Wochen reifte in ihr ein Entschluss. Diesen will sie in die Tat umsetzen.

Von ihrem Taschengeld kauft sie Leckereien, die der Vater besonders gerne isst. Eine Flasche Rotwein stellt sie auch auf den Tisch.

„Heute wird gefeiert. Wir beide sind ganz alleine. Hast du wirklich über 10 Pfund abgenommen? Mama sagte so etwas. Sie kommt morgen zurück. Mutter holt die Jungen vom Freundschaftsspiel mit den Holländern ab. Die Eltern übernachten bei Gastfamilien."

Fuchsteufelswild, er wurde nicht in Kenntnis gesetzt, stürzt er sich auf Silvia. Diese hat, ohne sein Wissen, Judo trainiert. Geschickt weicht sie ihm aus. Er landet im Küchenschrank, rappelt sich hoch, und greift die Tochter erneut vergebens an.

„Reg dich nicht auf. Wäre Mama nicht gefahren, um deine Brut ab zu holen, hättest du dich auch aufgeregt. Erfolglos waren die Versuche dich zu erreichen. Mama musste fahren. Komm schon, wir beide feiern, dass wir endlich einmal alleine sind."

Harm spielt den Einsichtigen, rückt seinen Stuhl in Silvias Nähe und setzt sich.

„Wann willst du den Rotwein ein schenken? Geh in die Küche und mach mir ein Stulle als Unterlage für den Wein. Du hast doch sicher auch eine Flasche Korn besorgt."

Noch schnell den Klaren auf den Tisch gestellt, dann eilt sie in die Küche.

Aus einem Socken nimmt sie eine Tüte mit getrockneten Fingerhutblättern. Ihre Hände zittern und sind feucht.

Den Weichkäse vermischt sie mit dem zerbröselten Grün. Gekochten Schinken legt sie da drunter. Tomatenscheiben runden den appetitlichen Anblick ab.

„Wo bleibst du denn? Ich habe Hunger."

Eilig begibt sie sich mit dem in Häppchen geschnittenen Brot zu ihm.

„Das sieht ja lecker aus. Komm setzt dich zu mir."

Silvia tut so, als sähe sie nicht, dass aus der Flasche Korn schon etliches fehlt. Am Sprechen merkt sie, dass der Alkohol wirkt. Er will seine Tochter be-grabschen.

„Warte Papa, ich hole nur noch den Nachtisch, dann setze ich mich zu dir."

In der Küche nimmt sie die übrig gebliebenen, im Mörser pulverisierten Blätter vom Fingerhut, und mischt sie zusätzlich noch unter den Pudding. Mit süßer Sahne und Cognac-Kirschen verziert, serviert sie ihm die Süßspeise.

„Was du alles kannst." Er schlingt den Pudding herunter.

Silvia prostet dem Vater zu. Sie schmiegt sich an ihn. „Nimm noch einen Schluck Korn, Mama kommt heute doch nicht zurück. Es ist noch ein Rest Pudding da. Die Götterspeise, die du nicht magst, esse ich auf." Viel Zeit lässt Silvia sich, um die Schälchen zu holen.

Im Lexikon schlug sie nach. 0,3g getrocknete Blät-ter können tödlich sein. 2,5g führen den Tod herbei. Eine Waage hat sie nicht. Zur Sicherheit nimmt sie alle Blätter, die sie diesen Sommer getrocknet hat. Bis zu 2 Stunden kann es dauern.

„Du hast ja noch keinen Wein getrunken. Vom Taschengeld habe ich ihn extra für dich gekauft." Sie hält ihm das Glas hin und küsst ihn auf die Wange. „Prost Papa." Der Vater kippt zur Seite.

In Windeseile streift sie sich ihre Jacke über und verlässt das Haus.

Heiß läuft es ihr den Rücken herunter. Sie dreht um und schleicht zurück. Nur keine unnützen Geräusche verursachen. In aller Ruhe beseitigt sie ihre Spuren. Noch schnell einen Blick auf den nicht mehr schlafenden, aber sich vor Schmerzen krümmenden Vater werfen.

Gut so – nun bekommst du deine gerechte Strafe. Kalt lächelnd verlässt sie das Haus und eilt zur Freundin.

Bei der Freundin angekommen fragt sie: „Kann ich heute Nacht hier schlafen? Mama ist nicht da und der Vater betrunken. Er befummelte mich, wollte dass ich mit ihm trinke. Da bin ich abgehauen."

Die Folgen eines nicht normalen Zahnarztbesuches

Betrunken begibt er sich an seinen Arbeitsplatz. Um diesen zu erreichen, muss er durch das Behandlungszimmer der Zahnarztpraxis. Die Türe, verdeckt durch einen Vorhang, führt zum Labor. Ein Griff zum Alkohol, der eigentlich für medizinischen Zwecke bereit steht, und schon stimmt der Alkoholspiegel wieder.

In der letzten Woche trank er in der Gastwirtschaft neben an mit einem Neuen.

Der Schlüssel zur Praxis verschafft ihm Einlass. Er kommt und geht, wann, und wie er will.

Unruhig wartet er auf seinen Patienten. Es ist gegen sieben. Die Sprechstunde beginnt um 8:30.

Sein Patient trifft mit 10 Minuten Verspätung endlich ein.

Der Zahntechniker Egon Frohmut, schwankt ein wenig. Den Abdruck vom Ober - und Unterkiefer nehmen, schafft er noch. „Sein Patient" verlässt das Labor, bevor die erste Zahnarzthelferin eintrifft.

Dr. Schmelz und seine Angestellten haben keine Ahnung von der Nebentätigkeit ihres Technikers.

Seine Sucht wird akzeptiert. Die Herstellung der Prothesen dauert oft etwas länger als geplant. Beschwerden gab es bis jetzt noch nie.

Zu Junggesellen - Zeiten ging Dr. Schmelz, gemeinsam mit seinem Zahntechniker Vergnügungen nach. Ob daher die Toleranz gegen über Egon Frohmut herrührt, man weiß es nicht.

Mit Sprit in den Adern, bekommt er bis zur Anprobe die Arbeiten hin. Der Termin zur Anprobe wird auf den kommenden Samstag gelegt. Da hat man Zeit und niemand stört bei der verbotenen Tätigkeit.

Herr Frohmut will den totalen Zahnersatz unbedingt dieses Wochenende fertig stellen. Trinken kostet. Er benötigt dringend eine Finanzspritze. Seine Frau Berta teilt ihm das Taschengeld sehr knapp ein.

Die Anprobe passt. Aber die Zähne –

Die beiden Herren sind mit sich sehr zufrieden. Sie belohnen sich mit dem Besuch in der Wirtschaft neben an.

Unter den Kneipengästen in froher Runde ruft einer beim Eintreffen von Egon Frohmut: „Da kommt der Mann, der den perfekten Kopfstand beherrscht. Egon, bitte, machst du uns einen? Ich geb ne Runde aus. Frohmut, geschmeichelt, führt ohne Wackler einen aus. Jeder prostet Egon zu. „Schaffst du noch einen?" „Nur, wenn für mich und meinen Kumpel ein Doppelter raus springt." Richard, ein neu hinzu gekommener Gast feigst: „Machst du den Kopfstand nackt, bekommst du von mir eine ganze Flasche „Friesengeist". Ungläubig sieht Egon in den von Zigaretten dunstigen Raum. Er zögert noch. Einer beginnt und ruft: „Feige, feige, denk an die Flasche." Die Stimmung steigt. Angetrunkene und nüchterne Gäste grölen im Chor: „Feige, feige, denk an die Flasche."

Der Gruppendruck verfehlt seine Wirkung nicht. In Windeseile fallen die Plünnen von Egons Körper. Ein nackter Mann steht vor dem Tresen. Richard räumt einen Tisch frei, stellt den Schnaps darauf und fordert: „Auf den Tisch, jeder kann dann sehen. Du bist ein ganzer Kerl." Egon erhält Hilfe bei der Tischbesteigung. Ganz sicher steht er nicht mehr auf den Beinen. Von Ehrgeiz gepackt, schafft er beim wieder holten Anlauf tatsächlich einen erneuten Kopfstand.

Wieder bekleidet, die Flasche in der Hand, begibt er sich ziemlich angesäuselt alleine in die Praxis.

Sein Saufkumpan bleibt in der Kneipe und lässt sich volllaufen.

Frohmut benötigt für seine weitere Tätigkeit niemanden.

Alles verläuft glatt. Da der Kunststoff der Prothesen aushärten muss, begibt er sich erneut in die Gaststätte, um die Zeit mit seinem „Kunden" zu überbrücken. Gemeinsam genehmigt man sich wiederum ein Bierchen und einen Schnaps. Dann folgt noch ein Bierchen und Schnaps und weitere Alkoholika.

Das geht so weiter bis es dunkel ist.

Frohmut und sein Freund, einer stützt den anderen, begeben sich erneut in die Praxis.

Die Küvetten, in denen sich die Prothesen befinden, werden geöffnet, und der Kunststoff vom Gips befreit.

Die Fertigstellung der Prothesen geht dem Techniker trotz seines Rausches einiger Maßen von der Hand. Bevor der Zahnersatz eingesetzt wird, erinnert man sich, dass im Behandlungsraum noch gut schmeckende Flüssigkeiten stehen, die unbedingt vernichtet werden müssen. Bestens gelaunt, setzt Egon, man duzt sich inzwischen, Bruno die neuen Kau-leisten ein. Im Vollrausch merkt keiner, dass etwas schief gelaufen ist, und die Zähne eigenartig aussehen.

Für sie ist die Arbeit vorbildlich verlaufen, jeder torkelt für sich, nach Hause.

Ehefrau Waldina wartet, und ist sehr gespannt auf den Anblick ihres Gatten, der vom neuen Zahnarzt an diesem Sonnabend behandelt wurde. Lallend betritt er die Wohnung, schwankt zur Couch, stürzt zu Boden und schläft ein.

Zum Frühstück steht er nicht auf. Sie rüttelt den >Ohnmächtigen< ohne Erfolg. Warum nur ist er nach der Behandlung in die Gaststätte gegangen?

Vielleicht sollte sie den Arzt rufen.

Eine bessere Idee bemächtigt sich ihrer. Sie verabredet sich zum Brunch mit ihrer Freundin Emilie.

Beim gemeinsamen Schlemmen vergeht die Zeit. Über den neuen Zahnarzt wird diskutiert. Waldinas Freundin Emilie berichtet: „Vor einiger Zeit ließ sich Otto, mein Vetter, auch von dem Neuen behandeln und ist begeistert, weil er sich Sonnabend und Sonntag Zeit nahm. Die Zähne, die er ihm zog, ersetzte er gleich an dem Teilersatz. Keinen Tag ist er mit einer Lücke in den Schneidezähnen herum gelaufen. Ich werde mich auch bei ihm anmelden. Ist das nicht großartig? Der Alte behandelt nur Wochentags, weil er Frau und Kinder hat. Wie schön, dass die Zwei sich so gut ergänzen."

Waldina lädt ihre Freundin Emilie noch zu einer Tasse Kaffee ein. „Bruno ist bestimmt wieder ansprechbar. Gemeinsam sehen wir uns das Werk des neuen Doktors an."

Wie zwei Teenager eilen die Beiden übermütig vor lauter Vorfreude in die Wohnung von Waldina und Bruno.

Heulend sitzt Bruno am Tisch. Waldina schimpft: „Warum musstest du gestern auch noch in das Wirtshaus, während ich zu Hause auf dich gewartet habe." Wie ein Racheengel steht sie vor ihm. Die Zeit verrinnt. Jeden Blickkontakt vermeidend, rinnen Tränen unaufhörlich über seine Wangen. Ein weinender Ehemann, das ist zu viel. Sie versucht ihn zu trösten, holt einen Waschlappen, wäscht wie einem Kleinkind sein Gesicht, und gibt ihm einen Kuss auf die Stirn. „Ist ja nicht so schlimm. Versprich mir, dass du dich nie wieder zu so einer Sauforgie hinreißen lässt."

Der Tränenfluss versiegt. Er lächelt sie zaghaft an.

Emilie kreischt. Waldina bestürzt: „Was ist denn mit dir los?" Emilie zeigt auf Bruno. „Siehst du es denn nicht?" „Was soll ich sehen?" „Seine Zähne." Waldina sieht Bruno an. Dieser presst die Lippen zusammen. „Zeig mir deine Beißerchen, aber ein bisschen plötzlich." Bruno kennt seine Frau, und weiß, wie sie reagiert, wenn er nicht das macht, was sie will.

Ganz vorsichtig öffnet er den Mund. „Ich will deine Zähne sehen." Er bleckt seine Zähne. Sie starrt ihn an. Es dauert lange, bis sie sich gefangen hat. „Ist das der neueste Hit, rosa Zähne, die aussehen wie Dracula persönlich? Dich werde ich im Zirkus ausstellen. So etwas hat die Welt bestimmt noch nicht gesehen.

Wo wohnt dieser Zahnarzt?"

Damit Sie, lieber Leser, das Entsetzen der beiden Damen nach empfinden können, bin ich ihnen eine Erklärung schuldig. Egon, der, wie wir wissen, zu tief ins Glas schaute, über-sah, dass die Zähne von ihrem angestammten Platz teilweise verschwanden.

Zähne stecken im Wachs um jeder Zeit die Anprobe ändern zu können. Dieses wird, ist alles gut
verlaufen, durch Kunststoff ersetzt. Mit dem ko-
chenden Wasser kann es schon einmal passieren, das
die Zähne ihren angestammten Platz verlassen. Kata-
strophal ist, wenn die Zähne nicht zurück befördert
werden, da der entstandene Hohlraum mit Kunststoff
beim Pressen ausgefüllt wird.

Steckt man gar einen unteren Frontzahn an die
Stelle eines oberen, sieht man einen, der halb weiß
und die andere Hälfte rosa aussieht.

All diese Missgeschicke passierten bei Bruno. Zusätzlich ist alles krumm und ungleichmäßig.

Bruno zerfließt vor Selbstmitleid. Ein erneuter
Weinkrampf verfehlt seine Wirkung. Fordernd steht
Waldina da. „Gib mir endlich die neuen Prothesen."
Er rührt sich nicht. Noch einmal. Her mit diesem Alp-
traum von Zähnen, und wo wohnt Dr. Frohmut."

Kleinlaut, kaum verständlich durch Egons Klage-
laute, glaubt sie zu verstehen, - das weiß ich nicht.

„Komm Emilie, wir gehen. Ich brauche dringend frische Luft."

Montagmorgen: Frau Waldina begibt sich mit dem totalen Zahnersatz in die Zahnarztpraxis. Inzwischen ist sie wieder auf 100. Sie klopft ans Behandlungszimmer, reißt die Türe auf, und hält dem Herrn im weißen Kittel das Produkt des Trinkgelages, mit den Worten unter die Nase: „Waren sie das?" Dieser lacht. „Wo haben sie das denn gekauft? Ist das der neue Trend für Karneval?" Die Helferinnen, neugierig geworden, eilen herbei und halten sich den Bauch vor Lachen.

„Wo ist der Andere?" „Welcher Andere, wen meinen sie?" „Tun sie nicht so scheinheilig. Ich meine den Doktor, der sie am Wochenende vertritt." Langsam dämmert es Dr. Schmelz: „Meinen sie Frohmut, so einen kleinen, dicken, den Techniker? Der ist nicht da, seine Frau hat ihn krank gemeldet. Beruhigen sie sich. Ist er für das da verantwortlich, wird das in Ordnung gebracht." „Waldina ungläubig: „Dieser Frohmut ist gar kein Arzt und behandelt am Wochenende Patienten?" Es hat ihr die Sprache verschlagen. Fassungslos steht sie da und starrt Dr. Schmelz an. Die Worte des Dr. Schmelz hört sie nicht mehr. Nachdenklich dreht sie sich um und verlässt kopfschüttelnd den Ort.

Anruf bei Emilie. „Hör zu, dieser Frohmut ist kein Zahnarzt. Schmelz und seine Helferinnen haben sich tot gelacht. Können wir uns im Café zum Stadtpark in 20 Minuten treffen?" „Ich komme." Waldina wartet ungeduldig auf das Eintreffen ihrer Freundin.

Welch ein Zufall. Der Mann da müsste Frohmut sein. Von wegen krank. Der Kerl ist ganz schön neben der Spur. Einige Meter hinter ihm taucht Emilie auf. Frohmut biegt in einen Seitenweg ein.

Aufgeregt eilt Emilie zu Waldina. „Der kleine, dicke Mann, der abgebogen ist, ist das nicht dieser Frohmut? Was macht er hier im Park? Komm wir folgen ihm. Mal sehen, was er so treibt."

Der Weg endet an einer Blockhütte. Verblüfft sehen die Beiden, wie Frohmut versucht, mit einem Schlüssel die Türe zu öffnen. „Man ist der blau. Der findet doch tatsächlich das Schlüsselloch nicht." Nach endlosen Versuchen öffnet er die Türe und begibt sich ins Innere. Neugierig schleichen sich die Zwei an.

Durch das Fenster sehen sie überall Flaschen zwischen Gartengeräten. Mit zittrigen Händen setzt der gute Mann einen Flachmann an den Hals. Waldina zu Emilie: „Siehst du den Gartenschlauch? Ich habe eine Idee. Rache muss sein." „Da bin ich aber gespannt." „Wir fesseln ihn mit dem Wasserschlauch und hängen ihn in die Birke."

Bei der Wickelaktion wehrt er sich nicht. Waldina verspricht ihm, wenn er sich ruhig verhält, spendiert sie ihm eine Flasche Whisky.

„Wie willst du ihn in den Baum hängen?" „Die Kabelrolle sollte reichen, um davon einen Strick zu fertigen. Den werfen wir über den Ast, befestigen den Saufsack an einem Ende, und gemeinsam ziehen wir ihn dann hoch." Wie geplant schaffen es die

Frauen. Waldina beginnt das strampelnde Etwas zu schaukeln. Er wimmert und schreit. „Siehst du irgendwo Papier und etwas zum Schreiben?" „Was hast du dir nun wieder ausgedacht?" Waldina grinst: „Der wird nie wieder als Arzt fungieren, dafür sorge ich." Emilie: „Das Einzige, was ich gefunden habe, ist ein großer Karton und Farbe." „Klasse, zum Schreiben nehme ich meine Finger. Ein Band, und alles ist perfekt." Ungläubig liest Emilie.

Ich, Egon Frohmut bin Zahntechniker. Ohne Studium als Zahnarzt praktiziere ich illegal in einer Praxis.

Dieses Schild hängt sie ihm um den Hals.

„Wir können gehen. So ein Waschlappen, wann wird der endlich müde und hört auf zu strampeln und zu schreien? In der Konditorei werden wir bei Kaffee und Kuchen feiern." Waldina überzeugt sich noch, das er sicher hängt und auch nichts passieren kann. Erst dann machen sie sich auf den Weg. „Hast du dein Handy dabei?" „Ja, aber wozu?" „Gib schon her, die Zeitung bringt morgen sicher einen Bericht mit dem entsprechenden Bild über einen im Baum hängendes

Michelin-Männchen."

Ein außergewöhnlicher Fahrstuhl

Zwei Mädchen eilen von der Bushaltestelle zum Krankenhaus.

Leni hält die Hand ihrer älteren Schwester Mia und fragt:

„Muss Mama im Krankenhaus bleiben und kommt nicht wieder, so wie Oma und Opa?"

Leni drückt die Hand von Mia so fest, dass diese sich auf die Lippen beißt.

Ihre Schwester versucht sie zu beruhigen.

„Du musst keine Angst haben, Mama kommt bestimmt bald wieder nach Hause."

Leni spürt auch Mias Angst.

Plötzlich hört Leni wieder diese Stimme in ihren Ohren.

Leni flüstert: „Wer bist du, was willst du von mir?"

Mia bleibt abrupt stehen.

„Fängt das schon wieder an? Hör endlich mit dem Unsinn auf, da ist niemand, der mit dir spricht."

„Wenn ich die Stimme aber doch höre." „Ist ja schon gut, ich bin ja bei dir. Lass uns erst einmal zu Mama gehen."

„Du-u – Mia, er sagt, er heißt Sir Henri und kennt unsere Oma. Mir ist auf einmal so kalt."

Tröstend legt Mia einen Arm um Leni, und beschleunigt ihren Schritt, um schnell ins Gebäude zu gelangen.

„Beruhige dich, heute wirst du mich kennenlernen. Ich wohne im Krankenhaus."

Leni schüttelt Mias Arm ab, stampft mit dem Fuß auf. „Es gibt ihn wirklich."

Schweigend betreten die Beiden die Eingangshalle des Hospitals.

Mia kann sich das Grinsen kaum verkneifen.

Verständnisvoll fragt sie: „Was ist das für ein Mann, der mit dir spricht.

Wieder eine von deinen Geschichten? Erzähl schon, du hast mich jetzt wirklich neugierig gemacht."

„Das ist echt wahr."

„Er hat mir dein Geheimnis verraten."

Mia macht große Augen. Ihre Gedanken überschlagen sich.

Keiner kennt mein Geheimnis. Christian treffe ich immer heimlich. Sie kann es nicht wissen.

„Wie heißt mein Freund denn, wie sieht er aus?" Mia stellt sich breitbeinig vor Leni. „Und was sagt dein Sir Henri jetzt?"

Sie plustert sich auf und verschränkt die Arme vor ihrer Brust.

„Sein Name ist Christian, er ist etwas größer als du, sehr dünn, hat schwarze Haare, einen Pinsel auf dem Kopf, den nennt man Irokesenschnitt. Woher soll ich das denn sonst wissen, meinst du ich spinne?"

Mia ist sprachlos. Nervös kaut sie auf ihren Lippen.

„Erzähl das bloß nicht Mama."

„Ich bin doch keine Petze."

Mia ist das alles sehr unheimlich. Trotzdem fragt sie Leni:

„Hast du ihn schon einmal gesehen?"

„Nein, er sagt: „Heute nicht über die Treppe zu Mama gehen. Wir sollen den Fahrstuhl nehmen, dann wirst du mir glauben. Vielleicht hörst du ihn dann auch, " drängelt Leni.

Hinter den Mädels schließt sich die Fahrstuhltüre.

Flüstern dringt an ihre Ohren. „Erschrick nicht Mia, ich bin es, Sir Henri."

Erstaunt sehen sie, in der Wand, der Türe gegen über, zwei große, freundliche Augen, die sie anschauen.

„Ich werd verrückt, dieser Sir Henri ist der Fahrstuhl. Es gibt ihn wirklich."

Unter ihren Füßen spüren sie leichtes Vibrieren, dem ein Lachen folgt.

Verwundert fragen die Mädchen nach dem Grund.

„Ihr steht auf meinem Mund. Eure kleinen Füße kitzeln auf meinen Lippen."

Tatsächlich, unter ihren Füßen befindet sich Sir Henris Mund. Natürlich wollen sie nicht auf dem Mund stehen bleiben, und treten rasch zur Seite.

„Tut das denn nicht weh, wenn alle auf deinem Mund stehen?" Sir Henry seufzt. „Ach - kleine Leni, das verursacht schon Schmerzen, wenn die Lasten schwer sind, und die Stahlplatte nicht richtig auf meinem Mund liegt.

Bei euch ist es allerdings anders. Da kann ich richtig Luft holen und gähnen, oder wie jetzt, mich mit euch unterhalten."

„Wie kannst du uns denn hören?"

„Wo sind deine Ohren?"

Mit seiner tiefen, warmen Stimme antwortet er: „In jeder Ecke steckt ein Ohr. Ratet mal wie viele das sind?"

Leni antwortet schnell, bevor ihre Schwester etwas sagen kann: „Das ist ja leicht. Vier Ecken, vier Ohren."

„Ganz so einfach ist das nicht, kleine Leni, - denk nach."

„Alle Ecken? Unten und oben?"

Sir Henri lacht vor Verzückung. „Donnerwetter - richtig."

„Boa, du hast acht Ohren?" Mia ungläubig: „Cool, wenn das man stimmt. Zeig sie uns."

Leises Summen ertönt. Aus den Ritzen der Ecken werden langsam die Ohren sichtbar.

Den Kindern verschlägt es die Sprache. Aus jeder Ecke ragt nun eine Ohrmuschel hervor.

Die Zwei kichern. „Sieht das komisch aus. Bei so vielen Ohren kannst du bestimmt super gut hören."

„Hast du auch eine Nase?"

„Nicht eine, sondern zwei. Was ich da so alles rieche. Meine Nasen sind noch von dem Geruch der Frauen verstopft, die sich gestern in mein Inneres drängten. Nichts Anderes passte mehr außer ihnen hinein.

Für meine Nasen waren ihre Gerüche von Knoblauch und Fisch eine Beleidigung.

Ihr würdet sagen, sie stinken.

Ich darf gar nicht mehr daran denken, wie ihr Geschnatter in meine Ohren drang. Schrille, schmerzhafte Stimmen ließen mich befürchten, dass mein Trommelfell platzt.

Zusätzlich drückte ihr Gewicht auf meine Gelenke. Ich bin 95 Jahre. Hätte ich doch nur Mädchen wie euch zu befördern, dann ginge es mir sicher viel besser.“

Mia denkt an ihren Großvater, der, genau wie Sir Henri, auch 95 Jahre wäre. Wie oft saß sie auf seinem Schoß, wenn er ihr Geschichten erzählte. Leni hat er geschaukelt, und ihr Lieder vor gesummt. Sie war ja noch zu klein, um Geschichten zu verstehen. Mia hört in Gedanken den Gesang des Großvaters. Die Stimme von Sir Henri klingt wie die von ihrem Opa.

„Wo hast du denn deine Nasen?"

„Bitte, bitte, zeig sie uns."

„Stellt euch in eine Ecke. Sie sind etwas groß geraten, und ragen bis in meine Mundwinkel."

Die Wände rechts und links neben der Fahrstuhltüre öffnen sich von der Mitte, und heraus schieben sich im Zeitlupentempo die Riechorgane.

Die Schwestern sind verblüfft: „Die sind ja riesig. Dürfen wir sie anfassen?" „Nur zu." Jedes Mädchen streicht behutsam über die Nase, die neben ihr aus der Wand ragt.

Durch die Berührung löst sich die Verstopfung. Öl tropft in den Mund und verschwindet.

„Das tut gut, ich kann euch jetzt riechen. - - - Ihr duftet wie Blumen."

„Papa sagt immer, ich bin seine kleine Blumenkönigin, weil ich mir Gänseblümchen ins Haar stecke.

Mama hat mir auch schon einmal Blumen in die Zöpfe geflochten."

„Habt ihr Lust, mit mir zu verreisen?"

Beide zur gleichen Zeit. „Ja, - aber wo willst du denn mit uns hin?"

„Wartets nur ab, es wird euch bestimmt gefallen", antwortet Sir Henri und setzt sich in Bewegung.

Auf der Skala gibt es 7 Etagen. Sie fahren aber viel weiter. 113, 114, 115, 116 bei 117 bleibt er stehen. Die Türe öffnet sich. Die Mädchen steigen aus.

Der Fahrstuhl, löst sich vom Schacht und schiebt sich auf den Hubschrauber Landeplatz.

„Nicht so schnell, ich muss doch mit."

Verwundert sehen die Beiden, wie der Fahrstuhl sich in einen alten Mann verwandelt. Leni und Mia können nicht aufhören zu lachen. Zu komisch sieht Sir Henri mit den 8 Ohren, den 2 super Nasen, dem übergroßen Mund mit den darüber liegenden Augen aus, und er wächst, wird groß und größer.

Sir Henri öffnet weit den Mund, und lädt zum Einsteigen ein.

Wie selbstverständlich klettern die Schwestern durch den Mund in Sir Henris Bauch. Ein Sofa für Zwei, mit riesigen Armlehnen, steht für die Beiden bereit. „Macht es euch bequem, es geht gleich los. Meine Umwandlung muss ich nur noch vorbereiten."
Gespannt beobachten die Mädchen was nun passiert.

Die Ohren werden zu Tragflächen, die 2 Nasen zu Propellern.
Da, wo sich ein Cockpit normaler weise befindet, sind Mund und Augen von Sir Henri zu sehen.
„Wohin soll die Reise gehen? seit ihr bereit".

Die Ältere hat plötzlich bedenken. „Ich weiß nicht so recht. Mama wartet doch auf uns."
Sir Henri beruhigt Mia.

„Auf der Erde, die wir verlassen, gehen die Uhren langsamer als bei unserer Reise. Eure Mutter wird euch nicht vermissen. Ihr müsst euch auch nicht fürchten. Ihr seid nicht alleine. Seht hinter euch."

Zögernd drehen sie sich um. Mit weit aufgerissenen Augen verweilen sie stocksteif und stumm auf dem Sofa. Eine alte Frau sitzt in einem Sessel und lächelt.

Beide denken dasselbe.

Dieses fröhliche, liebe Gesicht kenne ich. Sie ist mir so vertraut. Warum fällt mir nicht ein, wer sie ist?

Das Ohrensofa der Mädchen gleitet nach hinten, teilt sich in der Mitte, und bleibt neben dem Sessel stehen. Die Schwestern haben Vertrauen zu der Unbekannten und rücken dicht an diese heran. Die alte Dame streichelt über die Köpfe der Mädchen, und drückt sie an sich. Wie bei ihrer Großmutter kuscheln sie sich in ihre Arme.

Ohne ein Geräusch hebt das Flugobjekt ab.

Das Abenteuer geht weiter.

Der Untergrund, auf dem sich der Sessel, und das geteilte Sofa der Kinder befinden, dreht zum Ausguck. Das Krankenhaus ist nur noch als winziger Punkt zu sehen. Höher und höher steigt die kleine Gesellschaft. Sie überfliegen die Wolken, steigen auf in den Himmel.

Gar nicht lange, und die Wolken ändern die Farbe. Das durchsichtige Weiß wird intensiver und wechselt zu rosa. Sie steuern auf einen bunten Punkt zu. Hier sinkt der Gleiter. Auf festem Boden zum Stehen gekommen, öffnet Sir Henri den Mund, damit die Kinder aussteigen können.

Sie befindet sich in der Mitte einer bunten Wiese.

Ein leichtes Knacken ist durch die Rückumwandlung des Fortbewegungsmittels zu hören. Vor ihnen steht wieder der liebenswerte, alte Sir Henri. Dieser dreht sich um und entfernt sich.

Die alte Frau stellt sich zu den Kindern.

Jedes Mädchen ergreift die Hand der ihnen so vertrauten Unbekannten.

„Habt ihr gesehen wohin Sir Henri gegangen ist? Er war doch gerade noch hier. Rufen wir ihn."

Genauso wie er verschwand, steht er auch schon wieder da.

Etwas an ihm ist anders.

Leni fällt das sofort auf. Sie beäugt ihn, hält den Kopf schief und stellt fest:

„Du hast ja nur noch 4 Ohren und eine Nase. Kleiner bist du auch geworden. Was ist mit dir passiert?"

Sir Henri überhört die Frage. „Folgt mir."

Er sieht wirklich aus wie unser Opa Heinrich. Opa hatte aber nur zwei Ohren.

Mia starrt Sir Henri an und tuschelt Leni leise ins Ohr. „Mit zwei Ohren, wäre er unser Opa. Meinst du nicht auch?"

„Nun kommt endlich", winkt Sir Henri die Kinder herbei.

Die kleine Gruppe reiht sich hinter ihm ein.

Leni weigert sich. „Ich will nicht durch die Wiese gehen. Das verletzt die Blumen, wenn ich aus Versehen darauf trete, so dicht stehen sie."

„Langsam musst du gehen, dann haben die Blumen die Möglichkeit, vor dir einen kleinen Weg zu öffnen, der sich hinter uns wieder schließt." Leni sieht ihre „Großmutter" ungläubig an. Trotz dem setzt sie zaghaft einen Schritt vor den anderen.

Wie in einem Märchen rücken die Blumen zusammen. Vor der kleinen Schar öffnet sich ein schmaler Pfad, dem die Vier nun folgen. Die Blumen, die immer größer werden, verändern sich in Blumenbäume. Nicht lange, und die Spur endet auf einer Lichtung.

„Du-u Sir Henri bist du verwünscht, verflucht oder verhext?"

„Das ist und bleibt mein Geheimnis."

„Wie kommst du darauf, Leni?"

Mia antwortet für Leni: „Du hast dich verwandelt. Bist du unser Opa?"

Auch dieses Mal überhört Er die Frage.

Die Lichtung, die vor ihnen liegt, sieht aus wie ein grüner Teppich mit kleinen, grauen Flecken.

Leni, begibt sich schnurstracks zu einem dieser grauen Flächen. Dieser entpuppt sich als

Stein mit einer Vertiefung. Sie tritt hinein. Die Mulde passt sich ihren Füßen an. Zuerst fühlt es sich so an, als steht sie im Fahrstuhl auf Sir Henris Mund. Das anfängliche Kitzeln unter ihren Füßen wird immer heftiger. Sie möchte von diesem Stein herunter. Je mehr sie sich bewegt, umso mehr steckt sie fest. Sie ruft ihre Schwester.

Mia hört und sieht nicht, was mit Leni passiert.

Die Steine bewegen sich immer schneller und wandern.

Sie schreit. Endlich hört Mia sie, rennt los und tritt auf einen Stein. Genau wie bei Leni umschließt dieser ihren Fuß. Es ist so, als klebt sie auf dem Stein fest. Sie sieht das angstverzerrte Gesicht ihrer kleinen Schwester. Der Stein mit Leni bewegt sich rauf und runter und rückt immer näher. Die Steine auf denen sie stehen, wachsen in die Höhe.

Diese Säulen schwingen so stark, dass sie sich fast berühren. Verzweifelt strecken die Mädchen sich die Hände entgegen, können sie ergreifen und halten sich fest. Im Moment der Berührung lassen die Schwingungen nach und kommen zum Stillstand.

Die >Säuleninsel<, auf der Leni steht, verschmilzt mit Mias Podest. Sie wachsen zu den Kronen der Blumenbäume. Kreideweis, mit weit aufgerissenen Augen sieht Leni Mia an. Sie kleben noch immer fest.

„Ich rufe Sir Henri. Er kann uns sicher helfen." Sie ruft und ruft, doch ihre Stimme versagt. Sie schließt die Augen, und denkt an den alten, komischen Mann, den sie so lieb hat.

Mia beschwichtigt. „Es ist nichts passiert. Das war wie Achterbahn fahren."

Leni öffnet ihre Augen.

Immer noch halten sie sich an den Händen.

Eine Blüte neigt sich zu Leni. Sie umarmt den Stiel, der zu einem richtigen Stamm wird. Ihre Füße sind im gleichen Augenblick von der Masse, die sie umschließt befreit. Mutig setzt sie sich in die riesige Blüte.

Eine weitere Blüte biegt sich Mia entgegen. Auch ihre Füße lösen sich, und sie landet mit Schwung neben Leni in einer noch größeren Blüte.

Von der Aufregung sind Beide sehr erschöpft. Die Blumenbäume wiegen Leni und Mia, bis sie eingeschlafen sind.

Die Schwestern haben den gleichen Traum von der Schule, den Freundinnen und den Eltern.

Leni wird von einer Stimme geweckt. —--- „Pflü-cke – die – Blä-tter – der – Blü-te".

Der Klang der Stimme erschreckt sie. Ein ungutes Gefühl breitet sich in ihr aus. Sie spricht sich selber Mut zu. Sie antwortet mit fester Stimme:

„Nein – das mach ich nicht." Dringender und lauter verlangt dieselbe Stimme: —--- „Pflü-cke - die – Blü-ten-blä-tter, - das – ist - wich-tig."

Eine andere zarte Stimme mischt sich ein: Als Echo hört sie, „Tu` es nicht, tu` es nicht, tu` es nicht." Mit jeder Wiederholung werden die Worte leiser, bis sie verklingen.

—-- „Wa-rum – ge-horchst – du – mir - nicht? Fang – end-lich – an, – die – Blä-tter - - ab-zu-reißen."

„Bitte, lass uns so wie wir sind, wimmern die Blätter. Bitte, lass uns so wie wir sind. Wir brauchen die Blätter zum Leben. Wir brauchen die Blätter zum Leben. Zum Leben."

-----„Wie – lan-ge – dau-ert – das – noch, - bis – du – end-lich – die – über-flüs-sigen – Blä-tter – ent-fernt - hast?"

Lauter und unangenehmer wird die Stimme. —„Wa-rum- tust – du – es - nicht? Es – gibt – kei-nen – Grund – noch – län-ger – zu – war-ten. So-fort – reiß sie ab, - ich – be-feh-le - es."

Leni sieht zu Mia und erwartet Hilfe. Doch diese schläft tief und fest.

„Nein, nein, nein,----- ich reiße keiner Blume die Blätter ab, weil du es verlangst. Ich kenne dich über-haupt nicht. Wer bist du? Hast du Haare auf dem Kopf? Die würde ich dir am liebsten abreißen, dann wüsstest du, dass das weh tut."

— „Nie-mand – hat – sich – bis – jetzt – mei-nem – Be-fehl – wi-der - setzt. -Stell – dich – nicht - so an."

Mia wird wach. „Mit wem sprichst du? Habe ich lange geschlafen? Wie kommen wir von unserem >Hochsitz< herunter?"

„Ich frage meinen Blumenbaum. Er hat bestimmt eine Idee."

„Kein einziges Blatt hast du verletzt. Ihr habt erkannt, was wichtig und richtig ist im Leben.

Das alles habt ihr durchgestanden, weil ihr euch vertraut. Vertraut auch mir. Das, was ich euch jetzt sage, müsst ihr genau befolgen.

Setzt die Füße in die Blütenmitte. Zieht vorher die Schuhe aus."

Die Geschwister befolgen den Rat.

Die Blüten fühlen sich weich und flauschig an.

„Nun zum schwierigen Teil. Fühlt mit den Zehenspitzen den Eingang zum Stiel. Habt ihr ihn?"

„Genau in der Mitte der Pollen befindet sich eine Öffnung."

Mia und Leni sehen ein schwarzes Loch. Ihnen ist flau im Magen. Es fühlt sich so an, als ob sie eingeschnürt sind, und keine Luft mehr bekommen.

„Ihr müsst mit den Füßen voran in den Stiel."

Die Mädchen zögern noch. Unheimlich liegt der Stamm als senkrechter, schwarzer Tunnel vor ihnen.

Zaghaft und mit ängstlicher Stimme sprechen sie.

„ Wir können nichts sehen, es ist so dunkel."

„Vertraut mir, so wie ihr euch vertraut habt, dann kann nichts passieren. Lasst euch fallen. Ihr werdet ohne Schaden landen. Der Stamm der Blumenbäume ist sehr biegsam und passt sich euren Bewegungen an. Drückt ihr den Po an die Wand, bildet sich vor euch eine Welle und stoppt den Abwärtsfall. Stemmt ihr die Füße nach unten, geht es wieder abwärts. Stellt euch eine Schaukel vor, dann macht ihr es richtig. Holt ganz tief Luft, dann geht es los.

Habt keine Angst, habt keine Angst, kei - ne Angst." Die Stimme wird immer leiser und langsamer bis sie verstummt.

Die Mädchen atmen den Duft des Blumenbaumes ein. So wie sie sich bewegen, schliddern sie rauf und runter. Sie schweben, jede in ihrem Blumen-Baum. - Mal schneller, mal langsamer geht es abwärts durch den Stamm.

Unten angekommen, gleiten sie durch eine Öffnung des Blumen -baumstammes und landen vor Sir Henri und der alten Dame, die im Sturm ihre Herzen gewonnen hat, und erkennen ihre Großmutter.

Sir Henri ist nur noch einen Kopf größer.

Mia denkt laut: „Für mich bist du mein Opa Heinrich, auch wenn du vier Ohren hast."

Leni schmiegt sich an Sir Henri: „Opa, ich mag dich so wie du bist."

Zwei Ohren fallen von ihm ab. Leni hebt eins auf. „Dürfen Marie und ich, je eins behalten, zur Erinnerung?"

„Du darfst es aber nicht weg-werfen, auch dann nicht, wenn es sich verändert."

„Ich schwöre." Mia wiederholt Lenis Worte, und greift nach dem Anderen. In diesem Moment verwandeln sich die Ohren in eine Blüte vom Blumenbaum.

Die Mädchen staunen, und jede steckt behutsam ihre Blüte in ihren Brustbeutel. „Immer, wenn wir die Blüte heraus nehmen und ansehen, wissen wir, Opa und Oma sind bei uns."

Nachdenklich sieht Sir Henri von einem Mädchen zum anderen.

Noch wissen sie nicht, dass die Blüte die Verbindung, zu uns ist und bleibt.

Leni umarmt ihn. „Du siehst genau so aus, wie ein richtiger Mensch. Bist du jetzt auch wieder ein richtiger Mensch?"

„Bevor ich euch mit eurer Oma verlassen muss, sollt ihr eines wissen. Den Sir Henri gibt es nicht mehr. Ich bin wieder ein Mensch, und tatsächlich euer Opa Heinrich. Gebt gut auf die Blüten Acht.

Euch fallen ja gleich die Augen zu. Im Gras ruhen wir uns ein wenig aus."

Mit den Großeltern setzen sich die Kinder. Opa Heinrich nimmt Leni in den Arm, und Oma Anna, Mia. Die Lieder, die Leni noch aus Kleinkindertagen kennt, singen die Großeltern. Die Schwestern schlafen ein.

Im Schlaf greift jede nach ihre Blüte. Aus weiter Ferne hören sie die Blumenbäume und Großeltern summen und rufen. Gute Reise.

Behutsam lösen sich die Großeltern von den Beiden, und setzen sie dicht aneinander.

„Seit ihr schon lange da? warum habt ihr mich nicht geweckt?"

Sie sind im Krankenhaus im Zimmer ihrer Mama.

„Wie war die Fahrt mit den Naturfreunden? Ihr habt sicher viel zu erzählen."

„Wir waren in einem Park mit Bäumen, die aussahen wie Blumen.

Im Baumstamm war eine Rutsche und -"

Die Mutter unterbricht ihre Töchter, die aufgeregt durcheinander reden.

„Ihr könnt mir später alles erzählen. Helft mir beim Packen. Heute werde ich entlassen. Zu Hause machen wir es uns bei einer Tasse Kakao so richtig gemütlich. Macht euch keine Sorgen. Ich bin völlig gesund."

„Ich muss mal." Leni begibt sich zur Toilette, tastet nach ihrem Brustbeutel. Aufatmend stellt sie fest, dass sie nicht geträumt hat. Die Blüte ist noch da. Sie berührt sie zärtlich. „Opa, ich weiß, dass du immer bei mir bist, ich hab dich und Oma ganz doll lieb."

„Ich dachte schon, du kommst nie mehr vom Klo herunter. Ich muss auch ganz dringend."

Auch Mia kontrolliert im Waschraum, ob sie geträumt hat. Sie kann ihre Blüte fühlen. Sie riecht nach ihren Lieblingsblumen.

„Mia, bist du in Schwierigkeiten oder Not, berühre die Blüte, schließe die Augen, und denke an deine Großeltern. Vertraue deinem Gefühl. Dann wird dir alles leichter fallen."

Wie im Trance betätigt sie die Spülung. Im Zimmer zurück, blinzelt sie Leni zu.

Die Kirche und Bibel, eine Gebrauchsanweisung fürs Leben?

Jahre ist es her, dass ich eine Kirche betrat.

Heute sitze ich neben vielen mir unbekannten Gläubigen, und harre der Dinge die da kommen.

Die Orgel verklingt. Ein Chor betritt die „Bühne".

Aus vielen Kehlen erklingt vierstimmig das Lied ‚mache dich auf, werde Licht'.

Das Kirchenschiff wird von den Klängen durchströmt. Die Harmonie der Musik lässt mich vergessen, dass ich mich in einer Kirche befinde.

Der Chor verstimmt, und holt mich in die Wirklichkeit zurück. Ich erwarte nun, dass die Pastorin zur Kanzel schreitet. Zu meiner Freude erklingt wieder der Chor. Sie singen >mache die Tore weit<.

Erneut trägt mich der Gesang. In mir kehrt Frieden ein. Der Chor verstimmt und begibt sich in die für sie reservieren Bänke.

Die Pastorin betritt die Kanzel. Sie nimmt den Liedtext für ihre Predigt auf. Meine Gedanken schweifen ab. Mein Blick heftet sich an ihre Hose, die unter dem Talar zu sehen ist. Die Schuhe, wie alles andere, tiefes Schwarz, werden unterschiedlich von den Beinkleidern freigegeben.

Ein heller, breiter Streifen fällt mir auf, fasziniert mich. Sind ihre Beine nackt, oder mit hautfarbenen Strümpfen bedeckt?

>Wo hat sie nur diese Hose her? Hat sie noch niemand darauf aufmerksam gemacht, dass die rechte Seite kürzer ist als die linke? < Gebannt schaue ich auf diese Bekleidung. Die eine Seite ist und bleibt zu kurz. Mein Versuch ihrer Predigt zu folgen misslingt. Endlich laufen die Beinkleider aus meinem Blick. Ihre Besitzerin setzt sich in die erste Reihe.

Was bis zum nächsten Auftritt des Chores geschieht, weiß ich nicht. Wie immer frage ich mich nach dem Sinn meines Besuches in der Kirche. Ich funktioniere nur. Stehen alle auf, oder setzen sich, mache ich automatisch mit.

Endlich ist der Chor erneut an der Reihe. >Advent ist ein Leuchten< klingt aus ihren Kehlen.

Keine Hose sehe ich mehr vor mir. Ich genieße die Akustik dieser Kirche, durch die der gemischte Chor zum Tragen kommt.

Nach dem Lied >een Lüchtje brannt in düster Tied< begibt sich der „Lichtschimmer" wieder nach vorne, und ihre Besitzerin erklärt der Gemeinde den Sinn der beiden Lieder.

Warum kann ich ihren Worten nicht folgen? Diese vermaledeiten Beinkleider.

Gebannt sehe ich nur die Hose, die dadurch auch nicht besser aussieht. Liegt es am Schnitt, oder sind ihre Beine so unterschiedlich? Meine Gedanken drehen sich nur noch um diese Hose. Es ist wie verhext. Kein Wort der Pastorin erreicht mich. Warum sind die Hosen der Geistlichen immer schwarz. Kariert, gestreift oder mit Punkten ließen die ungleichen Beinlängen bestimmt besser zur Geltung bringen. Was sich in meiner Phantasie abspielt, gehört wirklich nicht in den Gottesdienst.

Das Programm erlöst mich etwas. 2 Lieder noch, dann endlich wird sich der Gottesdienst dem Ende zu neigen.

Die Sängerinnen und Sänger sind wieder an der Reihe. Das Lied >Lasst uns lauschen< beflügelt meine Gedanken, schweifen ab, und heften sich hartnäckig erneut an die Hose.

Vor mir sehe ich aus Kindertagen das Gesicht von Pastor Brett, das sich in unterschiedliche Beinlängen verwandelt. Ich muss lachen. Meine Nachbarin tuschelt: „Die Kirche ist ein Ort der Besinnung, und nicht dazu da, sich selber Witze zu erzählen." „Ja, aber die Hose" ich gluxe, versuche mich zu beherrschen, um nicht weiter aufzufallen.

Die Melodie des Chors erreicht mein Ohr. Der Text interessiert mich nicht sonderlich. Es ist die Musik. Das letzte Lied >es ist für uns eine Zeit angekommen< ein gutes Ende. Leise summe ich das Lied vor mich hin, und sehe mich als kleines Mädchen in der Friedenskirche in Essen-Dellwig neben meiner Groß-

mutter sitzen. Unruhe fällt von mir ab. Im Gottesdienst bin ich jetzt

angekommen.   Mir kommen die 10 Gebote in
den Sinn. Diese Gebrauchsanweisung fürs Leben ist
weitaus besser, als das Schnittmuster dieser Hose.

Ostern für Singles

Oskar sitzt entspannt auf dem Sofa und denkt nach. Er war nie verheiratet. Seine Familie, die 15 Jahre ältere Schwester und ihre Kinder.

Wie war das noch bei meiner Schwester mit all den Kindern. Warum waren sie immer so aufgeregt, als sie noch klein waren? Meine Erinnerung lässt nach. Irgendwie hängt das mit den Eiern zusammen. Was hat meine Schwester damit gemacht?

Oskar grübelt und grübelt.

Zuerst einmal einen Kaffee zum Frühstück. Brot, Butter und Käse stellt er auf den Tisch. Inzwischen läuft der Kaffee durch. Alles sieht perfekt aus. Was zum Teufel war noch mit den Eiern. Nichts – sein Kopf ist leer.

Zur Unterhaltung schaltet er den Fernseher ein.

Die Sendung mit der Maus berichtet über das Osterfest.

Langsam kehren die Kindertage zurück.

Er sieht sich mit Jungen und Mädchen im Garten der Schwester. Von den Kindern ist er der Älteste und Größte.

Rechts an der Hand, das ist doch Luise, und an der linken Hand Levi. Drei größere Kinder sieht er durchs Grüne toben. Sie suchen unter Büschen und im Gras. Was suchen sie?

Oskar weiß es nicht.

Achim, kommt auf ihn zu gerannt und hält ihm ein Ei entgegen. „Hier, das ist für dich."

Jetzt endlich ist der Film vollständig.

Die Schwester versteckte Eier, die wir Kinder suchen mussten.

Christa hält ihm zwei bunte Eier entgegen. „Die sind für die Kleinen."

Oskar lässt die Zwillinge los und begib sich auf Knien durchs Gras. Die Beiden, die mehr hinfallen, als dass sie laufen, rutschen hinter ihm her. Ab und zu legt Oskar ein Ei oder andere Süßigkeit in ihr Blickfeld.

Die Kinder sind fröhlich. Die ausgelassene Stimmung kippt, als Achim fragt: „Wo ist Klaus?"

Klaus ist verschwunden. Die Eiersuche verwandelt sich in eine Klaus-suche.

Alle rufen durcheinander. Klaus antwortet nicht.

In der hintersten Ecke des Gartens befindet sich der Kompost, der durch einen großen Blühbusch verdeckt ist. Bis auf diese Ecke wurde alles abgesucht.

Seine große Schwester gesellt sich zu ihm und ihren Kindern. Sie bilden einen Halbkreis vor dem Busch und singen.

Eine Bewegung hinter dem Busch löst sich, und ein riesen Ei bewegt sich auf die Gruppe zu, verharrt, und klafft plötzlich auseinander. Kichernd steht Klaus vor ihnen.

Es klingelt an der Haustüre. Oskar aus dem >Traum< geweckt, weiß, was er tun muss. Er greift sein Portmonee, öffnet die Türe mit den Worten: „Ich habe keine Zeit, ich muss noch Eier kaufen." Er knallt die Türe hinter sich zu, und der verdutzte Freund hastet dem davon eilenden Oskar hinter her.

Zwei Stunden später steht Oskar wieder in seiner Wohnung, und hält die verschieden, bunten Eier in der Hand. Diese will er verstecken. Er zählt sie ab und entschließt sich, von den 2 Dutzend Eiern, den Säckchen mit den Schokoköstlichkeiten nur die Hälfe zu suchen, dann hat er fürs nächste Jahr auch noch welche, die er finden muss.

Oskar freut sich jetzt schon aufs kommende Jahr, wenn er die andere Hälfte suchen wird. Seine Idee ist genial. Ein Jahr im Voraus Eier verstecken. Bis zum darauf folgenden Jahr hat er bestimmt vergessen, wo sie sind.

Wilkos Rache

Riesengroß baut sich breitbeinig ein Schatten vor meinem Bett auf. In der rechten Hand dieses Monsters blitzt ein Messer. Zitternd ziehe ich die Decke über den Kopf. Eine Hand des Riesen ergreift mein Oberbett. Dann schlitzt er meine Haut auf. Blut quillt hervor. Tränen lassen alles vor meinen Augen verschwimmen.

„Aus dir mach ich noch einen richtigen Jungen. Hör auf zu Heulen." Die Stimme klingt wie mein Vater. Mir graut, es ist mein Vater.

Meine Haare und mein Schlafanzug kleben am Körper. Schweißgebadet werde ich wach.

Ich fahre mit der Hand übers Gesicht. Gequält stöhne ich.

Dieser Albtraum bringt mich noch um, wenn ich es nicht bald tue.

Mein einziger Trost war meine geliebte Hündin Laska. Einmal schaffte ich es, sie mit in mein Zimmer zu nehmen. Vater kam, als ich schlief. Laska hatte es sich bei mir im Bett bequem gemacht. Warnend knurrte sie, und fletschte die Zähne. Er verließ das Zimmer wieder, ohne mich zu berühren. In dieser Nacht schlief ich ohne Angst. Von dem Tag an musste Laska eingesperrt im Stall übernachten.

Durch gute Noten in der Schule wollte ich, dass Vater mich lieb hat. Meine guten Leistungen wurden schlechter.

Rüdiger, ein Schläger in meiner Klasse, fand immer einen Grund mich zu ärgern. „Unser Schlaumeier hat es nicht mehr drauf. Er verblödet von Tag zu Tag mehr." Auch stellte er mir oft ein Bein. Fiel ich hin, lachte er: „Sieh wo du hinläufst, hast du etwas verloren?" Niemand wollte etwas mit mir zu tun haben.

Nach der Schulzeit stellte mich Herr Zimmermann, ein Maurermeister, als Lehrling ein. Zusammen mit Laska bezog das Gartenhaus. Auf dem eingezäunten Grundstück konnte Laska, wenn ich nicht da war, nach Herzenslust herum toben.

Nach kurzer Zeit durfte ich mit Laska auch im Haus wohnen. Das Ehepaar hatte keine Kinder.

Die Albträume wurden weniger, bis sie ganz ausblieben.

Es ist Feierabend. Gemeinsam fährt der Chef mit mir nach Hause. Eines Nachmittags, der Meister wartet noch auf einen Kunden, gehe ich zu Fuß durch den Park. Zwei Halbstarke streiten sich. Der Größere, sehr aggressiv, brüllt den Schmächtigen an, fuchtelt mit einem Messer herum, und sticht zu. Dieser stürzt mit erhobenen Armen zu Boden. Das Gesicht meines Vaters blitzt auf. Unfähig mich zu bewegen, schreie ich.

Hitze durchströmt meinen Körper, meine Arme jucken, mir ist übel. Langsam löst sich die Starre meines Körpers. Ich eile zu dem am Boden Liegenden. Der Andere flüchtet und lässt das blutverschmierte Messer zurück.

„Eduard ist doch mein Freund, warum hat er das getan?"

„Wie heißt du?"

Er gibt kein weiteres Lebenszeichen mehr von sich. Eine Frau, durch mein Schreien herbei geeilt, gibt übers Handy einen Notruf ab. Nach der Erstversorgung wird der Verletzte mit einem Krankenwagen abtransportiert.

Den eingetroffenen Polizisten erzähle ich, was passiert ist. Der Kerl ist sehr groß und schlank. Bevor der Verwundete die Besinnung verlor, nannte er den Flüchtenden Eduard.

Bei der Unterhaltung der Polizisten fällt der Name Eduard Freitag. Für mich ist der Name wie ein Zeichen. Ein Stoßgebet sende ich zum Himmel und verspreche, dass ich diesen unnützen Erdenbürger bestrafen werde.

Das Messer liegt noch immer, vom Laub etwas verdeckt, am Boden. Niemand beachtet mich.

In meinen Ohren dröhnt es. Nur noch bücken, keiner sieht zu mir. Ich nehme das Messer an mich. Mir ist so, als platzt der Kopf. >Deutlich höre ich Laska knurren und bellen. So, als ob sie bei mir ist und ruft.

< Schüttelfrost löst die Hitze in mir ab. Unbemerkt ziehe ich mich zurück, und eile in mein kleines Reich.

Laska erwartet mich winselnd. Mit ihr verkrieche ich mich im Gartenhaus. Tröstend schmiegt sich Laska in meine Arme. Inzwischen ist es dunkel. Es klopft an der Türe. Hat Vater mich gefunden? Ängstlich drücke ich mich noch tiefer in die Ecke. Mein Mädchen schleckt mir beruhigend über das Gesicht. Frau Zimmermanns vertraute Stimme holt mich in die Wirklichkeit. „Wilko, Essen ist fertig." Erleichtert begeben wir uns zum Haus. Nach meiner Schilderung nimmt Frau Zimmermann mich in den Arm und streicht mir übers Haar." Ein nie gekanntes, wohltuendes Gefühl überflutet mich. Ich bin in Sicherheit.

Im Telefonbuch finde ich einen einzigen Eintrag mit dem Namen Freitag. Mit unterdrückter Nummer wähle ich. Eine ältere Frau meldet sich. Meine Nerven sind zum Zerreißen gespannt. „Kann ich Eduard sprechen?" „Der ist nicht da." Zufrieden lege ich auf.

Auf meinen Spaziergängen mit Laska finde ich in der Kleingartenanlage außerhalb des Ortes, etwas abseits, ein zurzeit nicht genutztes Blockhaus. Für meinen Plan perfekt.

Dieser Freitag muss weg. Verschiedene Möglichkeiten spiele ich im Kopf durch.

Das Auto parke ich so, dass ich den Eingang der Freitags gut einsehen kann, und warte. Nach tagelangem Warten endlich, taucht eine vermummte Person in der Dunkelheit auf, und verschwindet im Haus. Zwei Polizisten folgen 10 Minuten später. Unruhe überfällt mich. Mir ist, als ob Nadeln in meine Haut stechen. Kratzen befreit mich von den Stichen. In mir schreit es: „Hör auf zu kratzen." Ich kann aber nicht. Dieses Kratzen verschafft mir Erleichterung.

Eduard verlässt das Haus, blickt sich suchend um, und hetzt davon. Ich lasse von meiner >Heilmethode< ab, und konzentriere mich auf das Geschehen. Auch die Polizisten verlassen das Gebäude, und setzen über Funk die Nachricht ab: „Gesuchter flüchtig, Verstärkung erforderlich."

Meine Chance ist gekommen. Ich folge dem Flüchtenden mit dem Auto. Auf gleicher Höhe, bei heruntergekurbeltem Fenster, spreche ich ihn an, und fordere ihn zum Einsteigen auf: „Weit kommst du nicht, die Bullen haben Verstärkung angefordert. Vertrau mir, ich mag die Gesetzeshüter genau so wenig wie du. Du kannst dich in meinem Schrebergarten verstecken. Komm schon, da findet dich keiner." Noch misstrauisch, nimmt er das Angebot an. Was kann ihm schon passieren? Die Knarre sitzt griffbereit.

Auf dem Parkplatz der Gartenanlage stelle ich mein Auto ab, und begebe mich mit Eduard zum abgelegenen Holzhaus.

„Mach es dir bequem. Ich muss noch mal Weg, und mich um meinen Hund kümmern. Später bringe ich dir eine Pizza vorbei."

Mit Laska im Park kann ich mich immer ablenken. Heute jedoch komme ich mir vor wie eine brennende Fackel. Alles an mir und in mir juckt und brennt. An einem Baum schubbel ich meinen Rücken. Die erhoffte Erleichterung bleibt aus. Bis zur Erschöpfung renne ich mit Laska durch den Wald, werfe Stöckchen, bis sie nicht mehr will, und bringe sie heim.

Mit einer Pizza begebe ich mich zur Kleingartenanlage. Ich betrete die Hütte. „Wo zum Teufel steckst du?" Eduard kriecht unter dem Bett hervor.

„Warum dauerte das so lange? Dachte schon die Polente kommt." Genervt antworte ich: „Hab dir doch gesagt, dass ich mich noch um meinen Hund kümmern muss. Wenn dir das nicht passt, hau einfach ab. Hier iss."

„War nicht so gemeint, hätte ja sein können, dass du mich verrätst." „Verrat? Im Leben nicht." Ich bin gekränkt.

In meiner Phantasie stelle ich mir vor, wie ich Eduard morgen behandeln werde. Das Messer, das er benutzt hat, werde ich an seinem Körper ausprobieren. Quasi als Geschenk des Wehrlosen. Der Gedanke gefällt mir, es geht mir etwas besser.

Von Eduard zurück, drehe ich noch eine Runde mit meinem kleinen Liebling. Einmal nur werde ich in der Nacht wach. Der Gedanke an meinen neuen >Freund< lässt mich schnell wieder einschlafen.

„Wilko, was ist los? Wir arbeiten nicht im Akkord. Bei dem Tempo bist du nach dem Mittagessen mit Allem fertig."

„Darf ich dann Feierabend machen? Bei dem schönen Wetter würde ich gerne mit Laska an den Baggersee gehen und eine Runde schwimmen. Abends habe ich eine Verabredung." Herr Zimmermann sieht mich überrascht an. „Das freut mich aber, ist sie hübsch?"

Auf dem Weg zum See kaufe ich für Laska ein Stück Rindfleisch, und für mich Brötchen und Frikadellen.

Ausgiebig toben wir im Wasser. Das kühle Wasser am Körper ist sehr erfrischend. Erschöpft liegen wir auf der mitgebrachten Decke und vernichten das Essen. Laska rollt sich im Gras. Die Sonne trocknet mich ab, ich fühle mich wohl.

Plötzlich stellt sich Laska steifbeinig vor mich, fletscht die Zähne und knurrt. Hastig bedecke ich meinen geschundenen Körper. Von der Sonne geblendet kann ich nicht erkennen, wer da auf uns zukommt. Mit Gewalt halte ich Laska fest. Sie versucht sich los zu reißen. „Halt bloß den Köter fest, sonst bringe ich ihn um." Panik löst die friedlichen Stunden ab. Die Fratze des Vaters sehe ich deutlich vor mir.

Alles Einbildung, guck richtig hin. Dann die Stimme. „Endlich habe ich dich gefunden." Vater hebt einen Knüppel auf, und kommt näher. Todesangst über fällt mich. „Versuche bloß nicht, noch näher zu kommen. Laska ist jetzt ein Kampfhund, sie wird dich in Stücke reißen. Ungläubig sieht er mich und Laska an, die ich kaum halten kann. Er zögert noch, lässt den Stock fallen und zieht sich zurück. Die Anspannung lässt nach, mein Körper bebt. Er ist weg. Meine Beine geben nach. Zum ersten Mal habe ich mich gegen meinen Vater gestellt und gesiegt. In mir jubelt es trotz der juckenden, vernarbten Wunden. Unbewusst kratze ich die verheilten Wunden wieder auf. Alle körperlichen und seelischen Qualen sind wieder da. Einem Höllenritt gleich, bringe ich Laska zurück, hole das Messer aus dem Versteck. Die Reste verschiedensten Schlafmittel pulverisiere ich, und schütte sie in eine Flasche Klaren.

So viele Tabletten, keine haben mir den ersehnten Schlaf gebracht. Eduard werden sie bestimmt gut bekommen.

Zusätzlich mit einem Kasten Bier, Currywurst und Knabberzeug begebe ich mich zu ihm.

Eduard, schon ein paar Flaschen Bier intus, entdeckt den Schnaps. „Wolltest du den etwa alleine trinken?" „Habe ich ganz vergessen, mein Magen verträgt das Zeug nicht. Dachte, vielleicht magst du das." „Gib schon her." Gierig setzt er die Buddel an den Hals und trinkt sie, ohne ab zu setzen aus. „Wie kannst du das nur so trinken?" „Was ist schon eine Flasche Schnaps, hast du noch eine?"

Wie lange dauert das denn? Ungeduldig warte ich darauf, dass er endlich einschläft. „Lallend sagt er: „Ich muss pinkeln?" Beim Aufstehen versagen seine Beine und er kippt aufs Sofa. Der pisst doch tatsächlich in die Hose. Ich rüttele ihn, schrei ihn an: „Steh schon auf du Sack, mach deinen Dreck weg." Keine Regung, er schläft tief und fest. Wütend hole ich eine Folie, lege sie vor das Sofa und ziehe Eduard darauf. Mit dem Messer stehe ich vor Eduard. Dieser verwandelt sich in Vater und sieht mich an. „Glotz nicht so", mit dem Messer nähere ich mich seinen Armen.

Deutlich höre ich die Worte in meinem Kopf.

„Du Feigling traust dich so wie so nicht."

„Das Grinsen schneide ich dir gleich aus deiner Fresse." Ich steche zu, und noch einmal. Lust überkommt mich. Das Blut spritzt. Der >Alte< will doch tatsächlich aufstehen. Ich trete nach ihm, und steche erneut zu. Dieses Mal treffe ich das Herz. Er zuckt und bleibt liegen. Geschafft. Der Bastard ist tot. Die Leiche wickel ich in die Plane und verschnüre das Päckchen.

Mit Mühe schaffe ich das Bündel ins Auto, und entledige diesen Abfall auf einer weit abgelegenen Deponie.

Zufrieden liege ich mit Laska im Arm im Gartenhaus der Zimmermanns.

Nach einer wundervollen Woche, finde ich Laska tot im Garten.

Mein Schmerz ist grenzenlos. Ein einziger Gedanke treibt mich zu den Eltern. Triumphierend erwartet mich der Vater.

„Dein Köter wird mich nie wieder anknurren."

„Das hast du nicht umsonst getan."

Bevor ich Laska im Garten beerdige, mach ich einen Abdruck von ihren Zähnen. Im Internet finde ich alles, was ich wissen muss, um ein Eisengebiss herzustellen. Metall gibt es genug auf der Baustelle. Nach einigen Versuchen gefällt mir das Ergebnis. Ich halte eine Prothese von Laskas Zähnen in den Händen.

An einem Stück Schweinefleisch probiere ich die Wirkung.

Meine Konstruktion befestige ich auf einen Stiel, und schlage sie ins Fleisch. Mein >Kunstwerk< zerschmettert wieder und wieder den >Gegner<, bis nur noch ein matschiger Brei übrig bleibt. Jeder Schlag ins Fleisch, ist einer für meinen Vater und mein Martyrium lässt immer mehr nach.

In der Freizeit verfolge ich unbemerkt meinen Vater.

Regelmäßig begibt er sich freitags, wenn es dunkel ist, zu einem Baucontainer. An anderen Tagen sind es andere finstere Gestalten.

Ich überfalle ihn hinterrücks. Laskas Zähne sind perfekt. Mit größter Sorgfalt feilte ich sie nadelspitz und scharf wie Rasierklingen. Gleich der erste Biss trifft die Halsschlagader. Ungläubig sieht er in mein Gesicht. Ich heule wie ein Hund und zerfleische meinen Feind. Die Containertür wird aufgerissen. Die Männer aus seiner Gruppe eilen dem Sterbenden zu Hilfe. Einer ruft: „Fürst der Finsternis, zeige dich. Dieser, dein Jünger brachte die toten Opfer. Vergib uns, dass wir ihn nicht straften. Ich ziehe mich unbemerkt tiefer ins Gebüsch zurück.

Mein Vater ein Teufelsanbeter, geahnt ja – nun die Gewissheit.

Entspannt und zufrieden liege ich im Bett.

Tief und fest schlafe ich ohne Albtraum mit der Gewissheit, niemand wird mich je wieder anfassen.

Dokterspiele

Ein kurzer Schritt auf den Friedhof

Einst ein geachteter Bürger der Kleinstadt, schmunzelt man nun über den Mann, der nicht mehr so ganz bei sich ist.

Überaus beliebt war er als praktischer Arzt.

Seit einigen Jahren ist seine Praxis aus Gesundheitsgründen geschlossen. Wie bei vielen älteren Menschen ließ sein Gehör- und Sehvermögen nach. Da er sehr wissbegierig ist, legte er sich, wie er sich ausdrückt, elektrische Ohren zu. Nun entgeht ihm nicht das kleinste Geräusch. So lange er den Weg nach Hause findet, meint er, ist eine Op. seiner Augen überflüssig.

Heute nun, wie so oft, legt er seinen Weg im weißen Kittel mit dem Stethoskop in der Tasche zurück. Ein Baum mit dem Foto eines jungen Mannes, eine

Bank mit Skulpturen, die ihn ignorieren, er hört alles ab.

Die Menschen, denen er begegnet, grüßen freundlich-lächelnd ihren Doktor, und beachten ihn nicht weiter.

Er nähert sich dem Friedhof. Jetzt endlich machen sich seine teuren >Ohren< bezahlt. Geräusche, die er zuvor nie hörte, dringen an sein Gehör. Er folgt den Tönen, die wie Stimmen klingen und landet vor einer Figur, die zwei Engeln gleicht. Laut und deutlich vernimmt er dumpfes Flüstern. Ganz genau sieht er sich die >sprechenden< Engel an.

Kein Mund bewegt sich. Laut stellt er die Frage: „Wie unterhalten sie sich, ohne die Lippen und den Mund zu bewegen. Sind sie Bauchredner? Geht es ihnen gut? Ich bin Arzt kann ich helfen?"

Statt einer Antwort erschallt Gelächter, gefolgt von dem Satz: „Lass uns in Ruhe, hau ab."

Langsam setzt der Alte seinen Weg fort, und grübelt über die Stimmen nach.

Irgendetwas stimmt mit meinem Kopf nicht. Ich muss die Praxis aufsuchen und mich untersuchen.

Sein Gedächtnis ist auch nicht mehr das, was es einmal war.

Aber den Weg zu seiner ehemaligen Praxis, kennt er noch genau und schlägt ihn ohne Probleme ein.

Vor der Türe zur Praxis zieht er ein Schlüsselbund aus der Hosentasche. Seltsam, der Schlüssel passt nicht.

„Vielleicht ist Karla schon da." Er schellt.

Der Türsummer ertönt. Er geht hinein. Ohne den Lichtschalter zu betätigen, erstrahlt der Flur in rotem, schummrigem Licht.

„Gleich Morgen gehe ich zu Wilhelm, und lass meine Augen untersuchen.

Ständig liegt er mir in den Ohren.

„Grauer Star ist heute nur noch ein Routine-eingriff. In zwei Jahren kann ich dich nicht mehr operieren, dann gehe ich in Rente."

Das ich plötzlich alles rosa sehe, ist ein Zeichen, und hängt wohl mit den Stimmen, die ich gehört habe zusammen. Wilhelm hat Recht. Von jetzt auf gleich noch schlechter sehen und alles in rosa, ist hoffentlich keine neue unentdeckte Krankheit, von der ich noch nie etwas gehört habe.

Hinter der ersten Türe befand sich sein Sprech-zimmer. Er drückt die Klinke herunter und betritt den Raum.

Er reibt sich die Augen, bleibt wie angewurzelt stehen.

Eine junge Dame, spärlich bekleidet, dreht sich mit den Worten zu ihm um: „Du bist eine Stunde zu früh, es ist noch nicht alles vorbereitet."

Seine Hörgeräte sind nicht eingeschaltet. In Folge dessen hat er auch nicht verstanden, was seine >Patientin< ihm mitteilt.

Wie konnte ich nur vergessen, dass ich einen Termin um diese Zeit habe. Seit wann untersuche ich auf einem Bett. Ist das eine verrückte Zeit geworden.

Dass ich im Urlaub war, ist mir total entfallen. Muss die Änderung vor Reisebeginn wohl angeordnet haben.

„Bitte den Oberkörper ganz frei machen. Bitte setzen sie sich."

Er fummelt sein Stethoskop aus der Kitteltasche und nähert sich seiner >Patientin<.

„Sie sind der Neue? Doktor-spiele kosten extra, " und legt sich aufs Bett.

„Sie sollen sich setzen, dann kann ich ihre Lunge besser abhören."

„Du bist aber auch ein Süßer."

Da er die Patientin noch immer nicht versteht, fühlt er an seine Ohren. Die Hörgeräte sind da, wo sie sein sollen. Er schaltet sie ein.

Seine Patientin liegt und räkelt sich auf dem Bett.

Endlich, er ist sich sicher. Diese Patientin muss Frau Querschnitt sein. Wie oft blieb sie nach Praxisschluss im Wartezimmer sitzen, und machte ihm, dem Junggesellen, eindeutige Angebote.

„Zier dich nicht so, fang endlich an."

„Bitte mit dem Rücken zu mir hinsetzen."

Frau Querschnitt bleibt stur liegen.

Sie schnurrt wie ein Kätzchen, dreht sich auf den Bauch, und kratzt mit den Fingernägeln über den Bezug des Bettes.

„Welche Medikamente habe ich ihnen verschrieben. Ist etwas Neues auf dem Markt, dass Menschen in eingebildete Katzen verwandelt? Ich lasse ihnen ein Schälchen Milch kommen, dann fühlen sie sich bestimmt besser."

Doktor Honig drückt auf die Klingel, die zu seiner Zeit eine Arzthelferin zu Hilfe rief.

Kurze Zeit später betritt ein Bär von einem Mann das >Behandlungszimmer<. Honig fährt sich mit den Händen übers Gesicht. Seine Hände zittern.

„Sonja brauchst du Hilfe, wo ist das Problem. Will der Alte nicht bezahlen?"

„Ich habe dich nicht gerufen. Hier liegt ein Missverständnis vor. Der Kunde hat wohl aus Versehen die Klingel gedrückt."

„Alterchen kannst du dich ausweisen?"

Der Doc ist empört. Niemand sprach bis jetzt so mit ihm.

„Ist sie doch keine Patientin von mir? Ist der Grobian ihr Ehemann oder Gefährte? Kommen Beide aus der Psychiatrie? Wo bleibt meine Helferin Karla? Nur nicht aufregen.

„Im Schreibtisch liegt meine Brieftasche. Ich bin Dr. Eberhard Honig. Sie kommen in meine Praxis und benehmen sich so, als kämen sie aus der Irrenanstalt."

„Ich geb dir gleich Irrenanstalt. Wenn du zum Fummeln gekommen bist, dann tu es, bezahle und hau ab."

„Hau ab, das habe ich heute schon einmal gehört. Sind sie mir vom Friedhof gefolgt? Warum duzen sie mich? Kennen wir uns? Karla sagen sie ihrem Freund, dass ich hier praktizierender Arzt bin. Ziehen sie sich wieder an und benehmen sich, wie sich das für eine Arzthelferin gehört."

Karla fragt vorsichtig nach: „Sie sind also der Arzt, dem wir die Praxis abgekauft haben? Sie gaben die Praxis aus Altersgründen auf, und gingen in den Ruhestand." Leise tuschelt sie ihrem Freund zu: „Ruf bei der Wache an, und frage nach seiner Adresse. Wenn das wirklich der Doc ist, sei nett zu ihm, ich weiß, er leidet an Alzheimer. Ein umgänglicher Typ soll das sein."

Laut sagt sie: „Heute ist die Praxis geschlossen. Darf ich sie nach Hause begleiten? Axel, ihr neuer Assistent, kann die Praxis abschließen."

Sonja zieht sich an. Ihr Freund, der bei der Wache den Aufenthaltsort des Doktors erfragt, drückt ihr einen Zettel mit der Anschrift in die Hand, und spielt mit.

„Karla kommen sie bitte so schnell wie möglich zurück, sie wissen ja, ich benötige das Auto, ich habe heute Notdienst."

Karla hakt sich bei dem alten Herrn unter, und führt ihn mit den Worten zum Auto: „Protest ist zwecklos. Wir haben jetzt Feierabend."

Am Altenheim werden sie schon erwartet. Sehr herzlich wird Dr. Honig empfangen.

Wolkenkind

Anja stand am Fenster, und sah ihre Tochter Friederike auf dem nahe gelegenen Weiher mit ihrer Freundin im Schlauchboot.

In ihrem Kopf drehten sich die Bilder. Das letzte löst sich auf. Schemenhaft tauchen ein Segelboot, ein Kanu und eine bewaldete Insel auf. Nichts konnte sie zuordnen.

Minuten vergingen, bis sie sich erneut ihrem Frühstück widmete. Die Zahnpasta, die sie versehentlich aus dem Bad mit in die Küche genommen hatte, schmierte sie geistesabwesend aufs Brot.

Ihr war übel. Sie zwang sich zum Essen. Sobald sie einen Bissen aß, ging die Übelkeit vorüber. Heute jedoch war es anders. Sie übergab sich.

In der 1. Etage über ihr floss Wasser.

Das Durcheinander in ihrem Kopf begann sich zu klären.

Mit Vater sieht sie sich im Segelboot. Das Boot steuert auf eine bewaldete Insel mitten im See zu. An Land begeben sie sich zu einer versteckt liegenden Hütte mit einem Spitzboden. Anja schwitzt. In ihrem Kopf hämmert es. Nicht in die Hütte, - nicht in diese Hütte. Widerstrebend folgt sie ihrem Vater. „Wo ist Mama? Ohne Mama will ich da nicht hinein".

„Wie oft muss ich dir noch sagen, dass sie nicht wiederkommen kann. Los jetzt!" Der Vater zerrt das Mädchen hinter sich her. „Kann Opa nicht mitkommen? Bitte Papa, ich habe doch solche Angst. Warum bist du so böse? Was habe ich jetzt wieder falsch gemacht?"

„Frag nicht - komm endlich! Ich verspreche dir, dass du deine Mama gleich siehst".

Beim Betreten der Hütte schlägt ihr ein unbekannter süßlicher Geruch entgegen. Durch den Anblick ihrer Mutter, die an dem Webstuhl sitzt, wird ihr Ekelgefühl unterdrückt.

Warum aber steht sie nicht auf? Hat sie ihr kleines Mädchen nicht gehört? Aufgeregt eilt Anja zu ihr.

Je näher sie kommt, umso deutlicher erkennt sie Maden auf dem Gesicht. Instinktiv bewegt Anja sich rückwärts aus der Hütte.

Panisch rennt sie zum Boot und legt ab. Bevor der Vater sie einholt, ergreift eine Windböe das noch gesetzte Segel, und treibt das Boot vom Ufer auf den See hinaus.

Anja schreckte auf. – Alles war gut. Sie saß in der Küche und sah ihre Tochter Friederike mit der Freundin noch immer auf dem Weiher. Wie konnte sie das nur alles vergessen? Wieder das Geräusch über ihrem Kopf. Wieder holte sie die Vergangenheit ein.

Verängstigt, keiner Regung fähig, sitzt sie Stunde um Stunde im Boot. Die grausamen Erinnerungen lassen sie nichts von dem Gewitter und dem aufpeitschenden Wasser spüren. Zusammengekauert liegt sie auf dem Boden. Die Kälte macht sie bewegungsunfähig, plötzlich ergreifen sie zwei Arme. Sie wird in ein Motorboot unter Deck gebracht. Die nassen Kleider durch trockene, viel zu große Kleidung ausgetauscht. Eine wärmende Decke hüllt das zitternde Mädchen zusätzlich ein.

Der Geruch des Großvaters weckt ihre Lebensgeister. „Opa bist du das?"

„Ja mein Liebling. Kannst du mir erzählen was passiert ist?" Anja schreit und schlägt wild um sich. Der Großvater nimmt sie in den Arm und beruhigt sie. Das Motorboot steuert aufs Ufer zu. Ein Notarztwagen, der über Funk geordert wird, erwartet sie bereits, und bringt das Mädchen mit dem Großvater ins nahe gelegene Krankenhaus.

9 Jahre sind nach dem Unfall vergangen. Agnes ertrug die Demütigungen Achims nicht mehr, und sah für sich nur diesen einen Ausweg.

Großvater Friedrich ist für eine Woche verreist und nicht erreichbar. Seine Tochter versucht vergeblich ihren Vater zu kontaktieren. Ihr bleibt nur noch sein bester Freund Paul.

Kindergarten, Schule und das anschließende Studium – alles machten die beiden Freunde gemeinsam. Für Agnes ist der Freund immer Onkel Paul. Die beiden Männer wissen nichts von ihrer qualvollen Ehe.

In ihrer Verzweiflung schreibt sie ihrem Vater einen Brief. Sie gibt ihn Onkel Paul mit der Bitte um Weiterleitung. „Agnes was bedrückt dich?"

„Ich will und kann nicht darüber sprechen. Wann ist Vater wieder da?"

„Das weiß ich nicht. Ich sehe dir doch an, dass du Hilfe benötigst. Bitte Agnes lass mich dir helfen! Was ist es, worüber du mit mir nicht sprechen kannst? Was bereitet dir so großen Kummer?"

„So lieb wie ich dich habe, will ich dich trotzdem nicht mit meinen Sorgen belasten. Gib diesen Brief nur Papa, sobald du ihn siehst. Darf ich dir Anja hier lassen? Ich muss etwas Dringendes erledigen."

Paul hegt keinerlei Verdacht und lässt Agnes gehen.

Einen Tag später vermisst Achim seine Frau. Er ist mal wieder nüchtern und hungrig. „Wo steckt diese Hure? Sie muss mir sofort Essen machen." Wütend sucht er sie, läuft umher, ohne sie zu finden. Der Gedanke, sie könne auf der Insel sein, beflügelt ihn.

Vor Anjas Einschulung soll auf der Insel ein kleines Fest stattfinden. Alle Freunde sind eingeladen. Achim schließt seinen Betrieb, packt Stühle, einen Tapeziertisch, und die Dekoration fürs Blockhaus ins Kanu mit Außenbordmotor und fährt zur Insel. Beim Verrücken der Tische und Stühle findet er einen angefangenen Brief von Agnes an ihre beste Freundin Ulrike. Neugierig ist er nicht, es schadet auch nicht, wenn er einen Blick auf die Zeilen wirft.

Liebe Ulrike,

wann können wir uns treffen? Ich brauche deinen Rat. So wie du nebenbei erwähntest, war die Ehe von dir und Joachim lange kinderlos. Habt ihr die Entscheidung gemeinsam getroffen? Achim ließ nie mit sich reden. Dem ständigen Streit um das Thema, warum ich nicht schwanger werde, bin ich mit meiner Entscheidung aus dem Weg gegangen.

Mein letzter Klinikaufenthalt in München brachte den ersehnten Erfolg.

Achim glaubt nicht, was er da liest. Er legt den Brief zurück und bereitet erst einmal die Festlichkeiten vor. Seine Gedanken kehren immer wieder zu dem angefangenen Brief zurück. Heute Abend, wenn wir alleine sind, ist Agnes mir eine Erklärung schuldig, denkt er.

Achim bringt das Kanu für die Gäste zurück. Er, Agnes und Anja segeln noch vor der Feier zur Insel, um letzte Vorbereitungen zu treffen. Während Agnes einen kleinen Imbiss zubereitet, bettelt Anja: „Bitte Mama darf ich die neue Bettwäsche mit den Rehen nach oben bringen? Ich warte, bis du kommst und helfe auch beim Bettbeziehen." Stolz, mit der neuen Bettwäsche bewaffnet, begibt sich Anja über die Treppe auf den Spitzboden der Hütte in ihr kleines Reich. In einer Ecke, abgeteilt durch verschiebbare Wände, steht ihr Himmelbett. Der übrige Raum ist unterteilt in einen Kaufladen und eine Puppenstube.

Alle Möbel hatte der Vater passend für seine kleine Prinzessin angefertigt.

Anja legt die Wäsche aufs Bett und läuft hin und her. Sie freut sich und sieht das staunende Gesicht ihrer besten Freundin schon vor sich. Sie war noch nie hier oben in ihrem Reich.

Eine undichte Stelle im Dach ist übersehen worden. Auch das herunter tropfende Wasser wurde nicht bemerkt. Die schimmelige und faule Stelle im Fußboden, zum Teil durch einen Teppich verdeckt, ist auch verborgen geblieben. Die gammelige Stelle hält das Gewicht von Anja nicht aus, und sie stürzt zu Boden. Über Funk wird das Mädchen mit einem Wasserflugzeug in die nahe gelegene Klinik geflogen.

Die Sorge um sein kleines Mädchen verdrängt die aufkeimenden Zweifel Achims an seiner Vaterschaft. Blutübertragung der Mutter und des Großvaters retten Anja das Leben. Sie wird ins künstliche Koma versetzt. Prellungen und Knochenbrüche behandelt.

Die Zweifel, ob Anja seine leibliche Tochter ist, kehren zurück. Ohne Wissen seiner Frau lässt Achim einen Gentest machen. Ungläubig starrt er auf das Ergebnis: Achim ist nicht der biologische Vater!

Diese Erkenntnis bringt ihn fast um den Verstand. Was soll er am Bett eines Kindes das nicht seins ist? Die Krankenbesuche werden immer weniger, bis er sie einstellt.

Agnes kann sich den Wandel des fürsorglichen Vaters nicht erklären und spricht Achim darauf an.

„Da fragst du noch? Ich weiß, dass Anja ein Kuckuckskind ist. Wann wolltest du mir das sagen? Besser du sagst nichts. Du lügst doch sowieso!"

Jeder Versuch, Achim zu erklären, dass sie nicht weiß, wer der Vater ist, ist zwecklos. Die Aussage, dass Sperma einer Samenbank ihrer beider Kinderwunsch erfüllte, lässt ihn höhnisch lachen.

Nach der Genesung Anjas ist ihr Leben ein anderes. Für Papa ist sie Luft. Die Eltern streiten oft. Was hat sie ihrem Vater nur Böses getan? Durch gute Noten in der Schule will sie seine Zuneigung zurückgewinnen. „Geh mir aus den Augen". Anja versteht das alles nicht und verschließt sich immer mehr.

Nach dem Unfall der Kleinen sind Mutter und Tochter nie wieder mit auf die Insel gekommen. Wieder und wieder drängt er seine Frau. Es ist doch schon so lange her. Agnes bleibt beim NEIN.

Achim begibt sich zu einer Halle, die zum Betriebsgelände gehört. Das Segelboot befindet sich an seinem Platz. Wo aber ist das Kanu? Kurz entschlossen macht er das Segelboot klar. Schnell nimmt es Fahrt auf und steuert auf die Insel zu. Das Kanu findet er am Ufer.

Achim ist sehr zufrieden. Auf dem Weg zur Hütte steigert er sich immer mehr in Wut. Endlich hat er sie da, wo er sie immer haben wollte. Niemand kann ihn bei seinem Vorhaben stören, und niemand wird etwas hören oder sehen. Er betritt die Hütte, und sieht Agnes am Webrahmen sitzen.

Auf die Worte: „Hast du nichts Besseres zu tun? Ich habe Hunger. Wo ist der kleine Bastard?", reagiert sie nicht. Nach endlosen Beschimpfungen ohne eine Regung seiner Frau begreift er, dass etwas nicht stimmt. Sie hat sich am Stuhl festgebunden, damit sie nicht umkippt, wenn die Tabletten wirken. Sie ist tot. Nichts kann er jetzt noch von seinem schönen Plan ausführen. Was hat er sich nicht alles ausgemalt, um sie zu demütigen und zu quälen?

Achim lässt alles so, wie er es vorfindet. Zu Hause nimmt er reichlich flüssige Nahrung zu sich. Wie viel Zeit oder Tage vergehen weiß er nicht. Endlich, wieder bei klarem Verstand, erinnert er sich. Nun gilt es, diesen Bastard zu finden. Er zwingt sich zur Ruhe und überlegt. Die Nachfrage bei den Freundinnen seiner Tochter ist ergebnislos. Es bleibt nur der Großvater und sein Freund. Die beiden bewohnen am anderen Ende der Stadt ein Doppelhaus.

Achim fährt in die Nähe des Hauses und parkt in der Wendeschleife.

Er schellt, und der Freund seines Schwiegervaters öffnet die Türe. „Ich will Anja abholen. Ihre Mama ist wieder da."

Das Mädchen klammert sich an Onkel Paul. Dieser wundert sich, weil sie nicht mit will, und immer wieder fragt: „Kann ich nicht hier bleiben bis Mama mich abholt?"

Ungehalten zerrt der Vater das Mädchen mit sich.

Weitere Tage vergehen. Friedrich ist zurück und sucht seinen Freund auf. Aufgeregt berichtet Paul, was sich zugetragen hat und überreicht ihm den Brief. In Gegenwart seines Freundes reißt er den Umschlag auf und liest. Sein Gesicht verfärbt sich zuerst rot, dann zusehends ins Grau.

Mit zittrigen Händen gibt er dem Freund den Brief zu lesen.

Liebster Vater,

bitte, bitte verzeih mir, dass ich mich dir nicht anvertrauen konnte. Es blieb mir keine andere Wahl.

Sicher erinnerst du dich: Achim machte mir Vorwürfe, weil ich nach der Heirat nicht sofort schwanger wurde. Das Ergebnis der Untersuchung nach zwei Ehejahren: Nichts steht einer Schwangerschaft im Wege. Nach einem weiteren Jahr machte ich Achim den Vorschlag, sich auch untersuchen zu lassen. Das kam für ihn überhaupt nicht in Frage. Er, ein erfolgreicher Fabrikant und zeugungsunfähig, war für ihn undenkbar. Ich soll zu einem anderen Arzt gehen.

Um es kurz zu machen (die Streitereien an wem es liegt, wollte ich nicht mehr) ging ich in eine Klinik mit einer Samenbank. Was gab es dafür Möglichkeiten! Meine Wahl fiel auf einen Herrn, der nach der Beschreibung hättest du sein können. Auch war er sehr kreativ und musikalisch. Ein wenig Ähnlichkeit mit Achim, wenn man sich Mühe gab, konnte man durchaus erkennen.

Ich wurde schwanger, und Achim der glücklichste Mann der Welt. Sein Kommentar: „ Ich habe dir gleich gesagt wechsle den Arzt. Woran hat es denn gelegen?" Der Schwindel von irgendwelchen Hormonen war ihm Erklärung genug.

Die Jahre bis zu Anjas Unfall waren wunderbar. Achim entpuppte sich als liebevoller Ehemann und Vater.

Bei der Blutuntersuchung im Krankenhaus stellte sich aber heraus, dass er als Spender nicht in Frage kam. Daher der Anruf vom Krankenhaus mit der Frage nach deiner Blutgruppe. Mit Blaulicht und Martinshorn wurdest du dann abgeholt. Mein Blut alleine reichte nicht aus.

Achim machte heimlich einen Gentest und erfuhr so von meiner Lüge. Er veränderte sich, begann zu trinken und der Betrieb ging in Konkurs. Das Leben für mich und Anja wurde mehr und mehr zur Qual. Kam Achim betrunken nach Hause, schlug er mich. Erst selten - später immer häufiger. Meinen Kopf konnte ich nicht immer erfolgreich schützen. Auf den Tag zu warten, dass ich nicht mehr fähig bin mein Leben zu bestimmen, das will ich auf keinen Fall. Es verbleibt mir nur noch wenig Zeit. Von einer Minute zur anderen werde ich zur Last. Die Arbeit am Webrahmen, sie ruht seit Jahren, will ich noch vollenden. Agnes hatte sich damals Wolle für eine Kuscheldecke ausgesucht. Diesen Wunsch erfülle ich ihr noch.

Es wird Zeit für mich zu gehen, weil ich die Situation nicht mehr ertrage. Ich nehme dir das Liebste das du hast seit Mamas Tod. Dafür gebe ich dir mein

Liebstes. So schnell du kannst hole bitte Anja zu dir. Gott segne dich und Anja.

In Liebe deine Tochter Agnes

Nach dem Tod der Tochter wird Opa sehr merkwürdig. Zur Beerdigung zieht Friedrich, da er nichts Passendes zum Anziehen findet, seinen ältesten Anzug an.

Es beginnt in der Kirche, als der Sarg hinausgetragen wird.

Aus der Jackentasche zieht er seine Okarina und spielt Wanderlieder. Nach jeder Strophe ruft er: „Agnes, Agnes – warte, ich wandere mit dir!"

Entsetzen bei den Trauergästen. Die Enkeltochter, die bis zu diesem Augenblick, als sie ihre Mutter in der Hütte das letzte Mal sah, kein Wort spricht, singt lauthals mit.

Eigenartig- je mehr sich die Trauernden dem ausgehobenen Grab nähern, wird die Zahl der Schmetterlinge größer, die Friedrich und die Enkeltochter begleiten. Der Großvater wechselt zur Tanzmusik. Opa und das Kind beginnen zu tanzen. Um das Paar schwirren die Falter. Am Grabe angekommen, stockt jede Bewegung. Stille breitet sich aus. Nichts regt sich mehr.

Anja schreckte erneut auf. Immer noch sah sie die beiden Freundinnen auf dem Weiher im Boot.

Es war so ein schöner warmer Tag. Die Vergangenheit schien ausgelöscht. Nun sah sie wieder alles klar vor sich. Sie war ein Kuckuckskind. Und das hatten weder ihre Mutter noch ihr Vater verkraftet.

Draußen singen die Vögel, am Himmel schwebt ein Bussard. Ihre Tochter dreht sich zu ihr und winkt. Friederike kennt ihren Vater, sie sind eine Familie. Alles ist gut.

Der Stuhl

In einer riesigen Halle herrscht ein Durcheinander der verschiedensten Stimmen. Bei ihr handelt es sich um ein Auffanglager herkömmlicher Fabrikstühle. Um dem Wortgefecht Einhalt zu gebieten, meldet sich lauthals der Wortführer der Wohnzimmerstühle. Er, ein schwerer Eichenstuhl mit gedrechselten Beinen, in der vorderen Reihe ist sehr verärgert. Was für eine Unverschämtheit, ihn und seine Artgenossen in die Halle mit Küchenstühlen zusammen zu pferchen.

„Ruhe ihr da drüben, rückt gefälligst von uns ab! Es kann nicht sein, dass ein Wohnzimmerstuhl gleich neben einem Küchenstuhl steht".

Letztere sind unterteilt in 1. und 2. Wahl. Auch sie haben einen Wortführer. Dieser, im Gegensatz zu dem Eichenstuhl, ist sehr besonnen, und beruhigt seine große Verwandtschaft, mit den Worten: „Hört mir zu und entscheidet, ob es sich lohnt, sich so über einen aufgeblasenen Fatzke aufzuregen. Wir gehören noch zur Arbeiterfamilie. Ein Teil von uns, zu schwerer Arbeit eingeteilt, kann stolz sein. Jeden Tag etwas Neues. Früh am Morgen, wenn die Kinder in die Schule müssen, werden wir schon hin und her geschoben. Die zierlichen Menschen, eine Wohltat für uns, haben oft Geschwister, die mehr Gewicht auf die Sitzfläche bringen. Könnt ihr euch vorstellen, wie dann das Verrücken auf unsere Beine geht? Das ist Schwerstarbeit. He, ja dich meine ich, du Fettsack mit den Hörnern am Rückenteil, warte nur bis du an deinen Bestimmungsort kommst. Du wirst nie hin und her bewegt. Du siehst und erlebst immer wieder das Gleiche. Auf einem dicken, klobigen Stuhl, in deinem Fall sagt man ja Sessel, sitzen Menschen, die wie du sind. Faul und behäbig – denn du bist zu fett.

Er wendet sich an die 2. Wahl. „Ihr solltet euch nicht verschämt in eine Ecke drängen, nur weil ihr einen kleinen Schönheitsfehler habt. Freut euch über diesen Fehler. Wie ich hörte, seid ihr für Kinderheime auserwählt. Keine schwere Last werdet ihr tragen müssen. Ganz zu schweigen von den Erlebnissen, die täglich wechseln. Zank der Kinder oder das Stuhlspiel. So richtig weiß ich nicht wie das geht, aber ich werde mich erkundigen. Immer wieder andere Kinder und andere Geschichten.".

Plötzlich ist Ruhe. Die Tür zur Halle wird mit unüberhörbarem, quietschendem Geräusch geöffnet. Was kommt denn da herein? Stühle mit Rädern; das hat noch keiner der Anwesenden gesehen. Auch als die Tür sich wieder schließt, herrscht Stille. Diese Stille wird von einem der mit Rollen versehenen Stühle unterbrochen. „Noch nie einen wie mich gesehen? Ich stelle mich stellvertretend für alle vor. Wir sind Bürostühle. Das Verrücken der Stühle ist in einem Büro zu laut, deswegen haben wir Rollen, versteht ihr das, ihr Analphabeten?" Er sieht sich um, und lachend zeigt er auf einen Stuhlturm, der besonders auffällig ist. Dieser überragt die anderen Stuhltürme um einiges. „Wie sieht das denn aus?"

„Glotzt nicht so", fiel ihm einer der anderen Stühle ins Wort. „ Das ist doch ganz normal. Besonders praktisch für Versammlungen. Wir zeichnen uns durch Platzersparnis aus. Ständen wir nebeneinander, wäre für euch kein Platz. Wer ist denn der Analphabet? Wir sind Stapelstühle. Bei Bedarf nimmt man uns auseinander und stellt uns da auf, wo wir benötigt werden.". Weiter kommt er nicht mit Erklärungen. Erneut wird die Hallentür geöffnet.

Alle Stühle sehen dem Neuankömmling entgegen. So etwas übertrifft die kühnste Vorstellung. Die Küchenstühle haben schon einmal davon gehört, aber gesehen haben sie noch nie einen.

Kein Geschnörkel, sehr spartanisch ist der Anblick. Beine mit Rädern wie die Bürostühle und unter der Sitzfläche ein merkwürdiges komisches Gebilde. Dieses Ding sieht aus wie ein Kochtopf.

Der Eichenstuhl ergreift das Wort. „Was bist du denn für ein komischer Vogel? Du Armer, bist du eine Mutation und völlig alleine auf dieser Welt?" Er erwartet Gelächter. Doch niemand lacht.

Der eigenartige Stuhl ist noch ganz außer Atem. Stockend beginnt er zu erzählen. „Wir sollten alle für den Transport ins Krankenhaus fertig gemacht werden, als es plötzlich brannte. Meine Artgenossen konnte man nicht mehr retten. Ich bin aus dieser Serie der übrig gebliebene. Nun bin ich ganz alleine." Seine Stimme wird immer leiser, er ringt nach Atem.

Der Chef der Küchenstühle will ihn auf andere Gedanken bringen und stimmt ein Küchenlied an. Alle stimmen mit ein und singen: „Wir haben Hunger, Hunger, Hunger haben Hunger, Hunger, Hunger haben Hunger, Hunger, Hunger haben Durst. Wo bleibt die Suppe, Suppe, Suppe, bleibt die Suppe, Su......

An dieser Stelle ruft der Stuhl mit den Hörnern laut dazwischen. „Was sollen diese Albernheiten, ich übernehme jetzt das Kommando. Schafft Platz, damit die Bürostühle unter sich bleiben. Ich will mit diesen arroganten Subjekten keine Nähe.".

Der Neuankömmling ist starr vor Schreck. So ein rauer Ton ängstigt ihn. Er versucht seine Bremsen zu lösen, um in eine dunkle Ecke zu rollen.

Der Oberste der Stapelstühle sieht die vergeblichen Bemühungen, und bittet ihn um die Fortsetzung seiner Geschichte. „Vorher möchte ich aber noch wissen, was der Kochtopf unter deinem Sitz bedeutet.".

„Wir sind die Auserwählten für die Menschen, die für dringende Geschäfte Hilfe benötigen. In der Stuhlschule lernten wir viel über unsere Aufgaben. Ihr müsst wissen, dass Stühle wie ich Nachtstuhl genannt werden. Der Topf, den du als Kochtopf bezeichnest, ist ein Ersatz für die Menschentoilette. Es gibt ja Leute, die nicht mehr zur Toilette kommen. Der Weg kann zu weit sein oder sie sind so krank, dass sie nicht mehr richtig einhalten können. Unsere Aufgabe ist sehr, sehr wichtig. Neben der Halle in der ich wurde was ich bin, befindet sich eine weitere, in der Rollstühle der verschiedensten Art gefertigt werden. Es gibt sogar welche speziell für Menschen, die Sport treiben. Ihr habt ja keine Ahnung wie viele Kranken- und Nachtstühle nach Maß gebaut werden.".

„Papperlapapp, gib nicht so an, das glaubt dir sowieso keiner.". Der Hornstuhl, den niemand mehr beachtet, unterbricht die Erzählung.

Die Küchenstühle, die Wohnzimmerstühle und die Schreibtischstühle, alle reden aufgeregt durcheinander. Der Eichenstuhl mit seiner unüberhörbaren Bassstimme schreit: „Zum Donnerwetter, es reicht. Wir stimmen ab. Wer ist für die Geschichte des Nachtstuhls?"

Die Küchenstühle, an Zahl überlegen, sind einstimmig für die Erzählung. Die Bürostühle und Wohnzimmerstühle schließen sich den Küchenstühlen mit Mehrheit an.

Der Nachtstuhl, inzwischen etwas keck, setzt seine Geschichte fort „Ganz nebenbei dürft ihr mich bewundern. Nimmt man den Topf unter mir fort, bin ich durch die vorhandene, abnehmbare Sitzfläche, die die Öffnung für den Topf verdeckt, ein völlig normaler Stuhl mit Lehne und Rollen, die zusätzlich eine Bremse haben. Da seid ihr sprachlos. Schaut nur richtig hin! Ich bin auch eine Maßanfertigung. Der Mann, für den ich gemacht wurde, ist sehr klein und dick. Zugegeben ich wirke lächerlich, weil meine Sitzfläche breiter ist als meine Höhe. Mich stört das nicht. Für meinen Menschen bin ich das Größte. Heute ist mein Auslieferungstermin. Ihr habt nicht mehr viel Zeit mich eingehend zu betrachten.".

Der Eichenstuhl und der Stuhl mit den Hörnern sind aus Versehen in die Halle geraten und hellhörig geworden. „Sag, wo ist die Stuhlschule? Vielleicht finden wir damit wieder nach Hause". Bevor der Nachtstuhl antworten kann, öffnet sich das Tor erneut, und die drei Sonderlinge werden herausgetragen.

Der obere Stapelstuhl meldet sich aufgeregt zu Wort: „Ich sehe durch das Fenster, wie die drei zu einem Auto gebracht werden. Schade, nun werden wir sie nie wiedersehen. Weiß jemand von euch auch eine Geschichte?" Niemand sagt etwas meldet sich. Mit den Worten: „Ist das langweilig", kehrt Ruhe in der Halle ein.

Vier vom gleichen Geschlecht.

Zwei Schwestern, die sich innig lieben, haben den gleichen Traum.

Jede möchte mit Gottes Willen zwei gesunde Kinder.

So geschieht es.

Beginnen wir mit der Nr. 1. Die Namen finden sich später.

Die Geburt verläuft vorbildlich. Nr. 1 ist schön. Ohne großes Geplärr schlüpft sie in den Kreißsaal. Wie schon erwähnt, dieser Säugling ist schön.

Nr., 2 befindet sich noch in ihrer Mutter. Es will nicht auf die Welt, wo alles hektisch, laut und hell ist.

Bei Mama im Bauch ist es warm und friedlich. Warum diesen wunderbaren Ort verlassen?

Dieser Zustand ist für die werdende Mutter lebensbedrohlich. Durch einen Kaiserschnitt werden beide gerettet. Nr. 2 gibt keinen Ton von sich, der Säugling staunt. Allein im Bettchen geht das Geschrei los. Das kleine Wesen vermisst die wohlige Nähe der Mutter. Anfangs zaghaft steigert es sich immer mehr, um den Unmut lauthals kund zu tun. Große Erleichterung beim Ärzteteam, und der jetzt glücklichen Mutter. Sie ist normal.

Nr. 3 ist da ganz anders. Dieses Kind will unbedingt in die Welt. Schon seit Tagen strampelt und boxt Nr. 3. Es klappt aber nicht. Durch die heftigen Bewegungen liegt es verkehrt.

Mit einer Zange bewaffnet, wird dieses wilde Etwas ins Freie geholt. "Schaut euch das Gesichtchen an. Es sieht so aus, als will es beißen, und das ohne Zähne."

Nun zur letzten Geburt, der Nr. 4.

Mit kleinen Schwierigkeiten gelingt es dem Baby, die zu eng gewordene kleine Kammer zu verlassen.

Dick, mit einem verschlagenen Grinsen liegt es knötternd in der Wiege. Lange, dunkle, gekräuselte Haare zieren den Kopf. Die Haut ist braun.

Nummer 1 und 4 sind genau wie Nummer 2 und 3 Schwestern.

Nummer 1, nennen wir sie Rosemarie, ist 5 Jahre älter als ihre Schwester Kunata.

Dazwischen Nummer 2 und 3. Beide 2 Jahre auseinander. Die ältere heißt Gudrun.

Nummer 3 Ulrike, die wie ein Sturm ein Erdenbürger wurde, nennen wir der Einfachheit halber Ulli.

Das passt dann auch besser zu ihrem Wesen, wie sich später heraus stellt.

Die Vier wachsen im Haushalt der Großeltern auf.

Rosemarie, die Älteste im Haushalt, trägt ihre Nase sehr hoch und ist von Tag zu Tag unausstehlicher.

Trifft sie auf andere Kinder heißt es, da kommt die Eingebildete.

Sie wartet auf Tante Mia, die beim Pütt arbeitet. Sie platzt gleich mit der Neuigkeit heraus. „Die Ulrike hat an die Schreinerbude eine Katze gemalt die kackt. Kriegt sie jetzt Strafe?"

„Haben sich die Schreiner geärgert?" „Die sagten: „Gut gemalt." „Das darf man aber doch nicht. Wann bestrafst du sie?"

Tante Maria, das ist ihr korrekter Name: „Rosemarie Eichholz halt endlich die Klappe, geh mir aus dem Weg." Enttäuscht trippelt Rosemarie hinter der Tante her. Nach Rosis Auffassung, sie will eine bedeutende Schauspielerin werden, gehören kleine Schritte zum Berühmt werden dazu.

Nach dem gemeinsamen Mittagessen wendet sich die Großmutter an alle Anwesenden. „Ich habe hier eine Tafel Schokolade. Die Schreiner gaben sie mir für Ulrike. In Zukunft möchten sie ihre Bilder auf Papier gemalt haben. Jeder kann sie dann mit nach Hause nehmen und zeigen."

Stolz teilt Ulli die Tafel in 2 Teile. Eine Hälfte behält sie. Die 2. Hälfte zerbricht sie in 2 ungleiche Stücke. Das Größere schenkt sie ihrer Schwester, und das Kleinere erhält Kunata. „Rosi du kriegst nichts, du bist eine Petze."

Nach Wilhelm Busch passt die Bezeichnung - Hans Guck in die Luft - gut zu Rosemarie. Eine feine Dame spielt auch nicht mit Kindern, die sich schmutzig machen. Die Eltern unterstützen ihr Verhalten. Jede Modeerscheinung, man kann es sich leisten, wird mit gemacht.

Kunata ist der Strubbelpeter. Sie will nicht gekämmt werden. Dem entsprechend sieht sie aus, wenn sie ihren Willen durchsetzt.

Spielt sie mit den Anderen, stiftet sie ihre Spielgefährten immer zu einer Gemeinheit an, ohne dass die Spielkameraden ihre Absicht erkennen. Mit einem hinterlistigen Grinsen im Hintergrund, freut sie sich, wenn der Unmut der Erwachsenen geweckt ist.

Gudrun, die nie lügt, ist wie eine Bildzeitung. Alles teilt sie sofort der Großmutter mit.

Hier trifft der Suppenkasper zu.

Sie hat ihre Großmutter richtig im Griff. -Beim Essen- angewidert schiebt sie ihren Teller mit Linsensuppe von sich. Ulli: „Gundi zählt mal wieder die Linsen, darf ich das aufessen?" Großmutter Anna: „Gudrun iss wenigstens den Pudding."

Muksch sitzt sie da, zeigt ihre Freude nicht, und stochert mit dem Löffel in der Nachspeise. Das Schälchen ist anschließend wie sauber geleckt.

Bei der nächsten Speise, die sie nicht mag, blockt sie von vorn herein ab. „Ich mag nicht." „Kind, du musst doch etwas essen." „Ich mag aber nicht." „Dann iss wenigstens den Nachtisch."

So erreicht sie ihr Ziel. Sie liebt alles, was süß schmeckt.

Ulli, der Zappelphilipp, hat noch mehr zu bieten. Hinzu kommt der Lügenbaron und der Fratzenkönig. Ihre Phantasie schlägt Purzelbäume. Oft sitzen alle Kinder im Hof um sie herum, wenn sie Geschichten erfindet. Die Grimassen erheitern auch die Erwachsenen, von denen sie beobachtet wird. Aus den Augen sollte man sie nicht verlieren. Nur Unsinn hat sie im Kopf. Mit den Jungen um die Wette Fahrrad fahren, auf Bäume klettern, und was man sonst so als Bub treibt, wird nach geeifert. Die Mutter nerven, eine Spezialität von ihr.

„Ich will auch eine kurze Hose haben." Unmöglich zu dieser Zeit. Kein Mädchen läuft mit Hosen herum. Um Ruhe zu haben, näht ihr die Mutter eine.

Jetzt kann sie endlich mit den Jungen gleich ziehen. Stolz, die Anerkennung der kleinen Kerle erhaschend, pinkelt sie vom Baum. Nun ist sie gleichwertig.

Hilfsbereit bekommt Ulli ab und zu einige Groschen. Nach eisernem sparen, reicht das Geld für einen Haarschnitt. Natürlich bei einem Herren – Friseur. Den Ärger zu Hause nimmt sie gelassen hin.

Rosemarie und Kunata haben, im Gegensatz zu den beiden Anderen, Vater und Mutter.

Der Vater, ein gut verdienender Kaufmann, kümmert sich fürsorglich um seine Familie.

Herr Eichholz, impotent, hatte mit seiner Frau ein Abkommen. Er wollte genau wie seine Frau unbedingt 2 Kinder.

„Schenk mir zwei Kinder, ich werde der glücklichste Vater, und diese Kinder, als wären es meine, lieben."

Frau Eichholz wählt sorgfältig einen Vater für das erste Kind aus. Das 2. Kind zeugte ein farbiger, amerikanischer Soldat, in den sie sich verliebte.

Gudrun und Ulrike verloren ihren Vater recht früh. Der Unfall geschah Untertage bei einem Kontrollgang.

Rosemarie und Kunata halten sich für etwas Besseres, weil die Cousinen, wie wir wissen, Halbwaisen sind.

Bei jeder Kleinigkeit werden Gudrun und Ulrike gehänselt.

Man seid ihr doof. Ihr wisst nicht einmal wie so ein Mann unten aussieht. Klaus, eins der Kinder aus der Umgebung, ist frühreif, und denkt laut. Günther dreht sich. „Der wieder, lass uns in Ruhe. Dick und Doof in einer Person, das bist du." Dem forteilenden Klaus begleiten lautstark die Worte der anderen Kinder.

„Dick und Doof, lauf, bevor Ulli dich verkloppt."

Detlef sieht seine Chance und flüstert: „Ulli, wollen wir Doktor spielen?" Gudrun lauscht und funkt dazwischen. Sie vermutet etwas Schlimmes.

„Dat sach ich."

Schon ist der noch nicht begonnene Spaß vorbei.

Detlef genauso unwissend wie Ulli, passt sie ab, und verabredet sich mit ihr im Wäldchen.

Alle Kinder aus dem Haus bauten eine Woche vorher eine Laubhütte. Da soll es geschehen.

Der 8 Jährige wartet ungeduldig auf seine gleichaltrige Spielgefährtin, die nicht zur angegebenen Zeit erscheint.

Er will schon gehen, da taucht sie auf. „Gundi, die alte Ziege, konnte ich nicht abschütteln. Jetzt bin ich aber da." Detlef, der vor Neugier platzt, ergreift die Initiative. Er streift seine Hose herunter, und fordert das Gleiche von ihr. Ulli sieht gebannt auf seine Genitalien. „Darf ich mal anfassen?"

„Du bist dran, dann darfst du auch anfassen." Nach anfänglichem Zögern, zieht sie ihr Höschen aus.

Nun staunt Detlef. Sie stehen sich gegen über. Ulli fragt schüchtern: „Darf ich jetzt?"

„Mach schon, dann darf ich."

Vorsichtig fährt sie mit einem Finger über das ihr Unbekannte. Mutiger geworden nimmt sie die Hand, zieht sie aber sofort wieder zurück. „Was ist?" Ulli verschämt: „Das sind ja zwei Teile."

„Was dachtest du denn?" „Woher soll ich das wissen? Wenn ich meine Mama frage, sagt sie immer: Du bist noch zu klein. Das erfährst du noch früh genug."

Detlef, ungeduldig, nicht so schüchtern wie Ulrike, fast beherzt in ihren Schritt.

Ein Schrei lässt die Beiden erstarren. Gudrun, die ihrer Schwester doch noch unbemerkt folgte, und sich hinter einem Baum versteckt hält, taucht auf. „Wenn ich mit machen darf, sag ich nichts Mama." „Lass mal sehen, wie du aussiehst." Gudrun ziert sich und sagt: „Mich kannst du oben ansehen, da sehe ich anders aus als Ulli. Bei mir wachsen schon Titten."

Die Hemmungen fallen.

Ulrike untersucht das, was einen Jungen ausmacht. Durch die Berührung wächst der kleine Schnieps. Verblüfft fragt sie: „Ist das bei den anderen Jungen auch so?" „Klar, das gehört zum Erwachsen werden dazu. Der Penis muss wie Arme und Beine auch wachsen."

„Das Ding da heißt Penis? Wusste ich gar nicht.

Dagmar wird mir das nie glauben, dass jeder Junge einen Penis hat, und dann noch — wie heißt das denn mit den Kugeln da drin?" „Hoden, hast du noch nie gehört, das die Jungen von ihren Eiern sprechen?" Erstaunt sieht sie noch einmal genauer hin. „Ach das meinen die." Detlef bewegt sich. Sein Geschlecht schaukelt. Gudrun altklug, schaltet sich ein. „Das sind Glocken. Was du da machst, ist das Glockenspiel. Opa sagt, das ist heilig, weil Gott das gemacht hat."

Ulrike von ihrer Phantasie übermannt prustet los. „Stellt euch vor, die Jungen haben da eine kleine Kirchturmspitze. Wie gut, dass sie nicht bimmeln."

Allgemeines Gelächter.

Detlef sieht auf die Uhr. „Jetzt aber nach Hause, es wird Zeit. Wir essen gleich."

Die Drei gehen getrennt nach Hause, sie haben ja etwas Verbotenes getan.

Zum 45 minütigen Schulweg treffen sich alle Kinder und gehen den Weg gemeinsam. Detlef und die

Schwestern vermeiden jeden Kontakt. Das schlechte Gewissen nagt.

Der Ausflug der Neugierde scheint vergessen.

Das Ehepaar Eichholz zieht mit den Mädchen zuerst bei den Eltern aus.

Ein paar Jahre später verlässt auch Maria mit ihren Beiden die Wohnung von Vater und Mutter.

Schulwechsel stehen bevor. Die Kinder verlieren sich aus den Augen.

Betrachten wir uns den weiteren Werdegang von Rosemarie.

Keine Lust zum Lernen, donnert sie sich gewaltig auf. Die Eltern vergöttern ihr „Püppchen". Man ist überzeugt, bei dem Aussehen bekommt sie sicher einen sehr gut verdienenden Mann und ist schnell verheiratet. Sie schafft die Volksschule ohne sitzen zu bleiben. Die anschließende Lehre hält sie ein halbes Jahr durch. Neben einigen erfolglosen Versuchen, einen Beruf zu ergreifen, landet sie in derselben Firma, in der ihr Vater beschäftigt ist. Als Sachbearbeiterin kann endlich etwas vorgezeigt werden. Junge Männer wechselt sie wie ihre Unterwäsche. Mit 20 fängt sie sich den Mann fürs Leben. 25 Jahre älter ist Siegfried. Er ist selbstständig. Seiner Lebedame erfüllt er jeden Wunsch. Der Schwester und den beiden Cousinen gegen über brüstet sie sich, was brauch ich Liebe, er hat Geld, er vergöttert mich.

Rosemarie liebt ihren Mann nicht, ist aber zufrieden mit dem Wohlstand, den er ihr bietet. Die Ehe hält.

Gudrun fällt das Lernen schwer. Berufswunsch: Mit Kindern will sie ihr Leben ausfüllen.

Irgendwie schafft es die Mutter, sie auf die Frauenfachschule zu schicken. Reifer geworden erreicht sie ihr sehnlichstes Ziel. Mutter im SOS-Kinderdorf. Sie geht in ihrem Beruf als SOS-Kinderdorfmutter auf. Mit sich und dem Herrgott ist sie im Reinen.

Ulrike, der >Hans-Dampf< in allen Gassen, besucht die Realschule. Sie hat ein großes Manko.

Fächer, die sie für überflüssig hält, werden vernachlässigt. Trotz dem läuft sie problemlos durch die Schule.

Zeitungsberichte, die über Aktivitäten der Schule berichten, heben Ulrike mit ihrer zeichnerischen Begabung, gepaart mit handwerklichem Geschick hervor. Der Witwe Maria fehlen die finanziellen Mittel, um Ulrikes Kreativität zu fördern. Ulrike, der alle Türen offen stehen, entscheidet sich für einen holzverarbeitender Betrieb, der Möbel restauriert. Hier kann sie ihre Ideen umsetzen. Der Meister unterstützt sie.

Detlef, ihre erste Begegnung mit dem anderen Geschlecht, trifft sie in der Fachschule wieder. Er will Schreiner werden.

Zur gleichen Zeit aus beider Mund: „Weißt du noch?" Herzhaftes Lachen bemächtigt sich ihrer.

Gemeinsam schlendern sie über den Schulhof und verabreden sich. Die Vertrautheit zwischen ihnen wächst von Tag zu Tag. Sie wollen ihr Leben gemeinsam gestalten.

Ebenso wie Ulrike besuchte Kunata die Realschule. Ob sie in der Schule ist oder nicht, wurde nur dann bemerkt, wenn sie hinterrücks irgendeine Gemeinheit anzettelte.

Sie ist ein Durchschnittsmensch. In einem Groß Büro schließt sie ohne Zwischenfälle die Lehre ab, verliebt sich in den Jahrgangsbesten, und heiratet vier Jahre später.

Ulrike und Detlef führen ein erfülltes Leben voller Abenteuer. Das Mitwirken im Umwelt- und Tierschutz ist den Beiden wichtig.

Kunata wird geschieden. Ihr Ehemann ertrug keine drei Jahre ihre Verschlagenheit.

Rosemaries Ehemann stirbt nach, für ihn, 15 glücklichen Jahren. Das Vermögen, für Rosi eine Kleinigkeit es zu schmälern, schmilzt dahin wie Schnee in der Sonne.

Aufgetakelt besucht sie Konzerte, geht ins Theater und versucht mit Gewalt einen Mann zu angeln, der ihr das gewohnte Leben, wie an der Seite ihres verstorbenen Mannes, wieder ermöglicht. Früher waren Gaststätten nur etwas für das gemeine Volk. Für sie völlig unvorstellbar. Bis jetzt kein Opfer gefunden, betritt sie zum ersten Mal ein Gasthaus.

Ein Mann, mit Fingerringen und einer Kette um den Hals, fällt ihr bei diesem Besuche auf. Sie riecht förmlich das Geld.

Sie setzt sich zu ihm und beginnt eine Unterhaltung. „Sie habe ich hier noch nie gesehen, sonst wären sie mir, bei dem Aussehen, sicher sofort aufgefallen." Harald, ein Zuhälter, ist überrascht und gibt ihr das Kompliment zurück. Geschmeichelt, erzählt Rosemarie ihm eine herzzerreißende Geschichte über die Liebe zu ihrem Ehemann, und dass sie seit kurzem Witwe ist.

„Über all diese Erinnerungen. Dann sitze ich zu Hause und muss weinen. Hier finde ich etwas Abwechslung. Meine Freundinnen mit ihren Partnern störe ich nur."

Harald taxiert sie. Es könnte ein Neuzugang für seine Pferdchen werden. Mit Komplimenten überschüttet er Rosemarie. Ihr wird abwechselnd heiß und kalt. Für sie ein neues Gefühl.

„Ist es ihnen recht, wenn ich sie morgen zum Essen einlade, dann können wir uns näher kennen lernen." „Ich kenne sie doch gar nicht." „Das will ich ja ändern." Rosemarie, die darauf hoffte: „Ich nehme ihre Einladung gerne an."

Auf Wolken schwebt Rosi heimwärts. Den nächsten Tag kann sie kaum erwarten. Viel zu früh findet sie sich im Wirtshaus ein.

Zufrieden erblickt Harald seine neue Eroberung. „Ich bin untröstlich, dass sie auf mich warten mussten." Galant nimmt er ihre Hand und haucht einen Handkuss darauf.

>Den werde ich so einwickeln, bis er mich heiratet. < Sie bildet sich ein, unwiderstehlich zu sein.

Ab und zu sagt Harald die Verabredung ab. Rosi versteht, dass so ein viel beschäftigter Geschäftsmann nicht immer Zeit für sie einrichten kann.

Ohne dass sie es bemerkt, gleitet sie in eine Abhängigkeit. Wie alle seine Damen ist Rosi ihm nach kurzer Zeit hörig. Der Lude beginnt mit der Drogen->Therapie<.

Rosemarie wird für Harald die Edelnutte. Er führt ihr reiche, alte Männer zu. Rosi, einst lebenslustig, siecht dahin.

Gudrun im SOS-Kinderdorf, mit den anderen Frauen befreundet, verliebt sich in eine Reinigungskraft vom Dorf. Beten, Gespräche mit Bruder Jakob, dem Leiter der Baptisten – Gemeinde hilft ihr nicht über „falsch" geleitete Gedanken hin weg. Sie leidet Qualen.

Jadwiga, so heißt ihre auserkorene, sucht auffällig ihre Nähe. Das Fern Sein der Heimat erträgt sie dann besser.

Fragen über Fragen gehen ihr durch den Kopf.

>Was stimmt mit mir nicht. Bis vor einer Woche war alles gut, plötzlich ist alles anders. < Erblickt sie Jadwiga, rast ihr Herz.

Beide, in Gedanken vertieft, rempeln sich an. Erschrecken beiderseits. Jadwiga stottert Entschuldigungen. Gudrun streichelt ihr über das Haar, dreht sich um und eilt davon.

Die Kinder schlafen, alles ist ruhig. Gudrun sieht einen Liebesfilm. Es klopft. Sie erwartet eine Freundin. Diese kommt aber nicht.

„Komm rein." Ohne hin zu sehen, im Film küsst sich das Paar gerade, öffnet sie die Türe. „Der Film ist so spannend, nimm dir eine Tasse Tee und setzt dich zu mir."

Jadwiga ist überrascht. >Hat sie mich erwartet? < Sie setzt sich neben Gudrun auf das Sofa.

Herzzerreißende Szenen bringen die beiden zum Weinen. Sie schluchzen um die Wette, liegen sich in den Armen. Gudrun wischt sich die Tränen, schnäuzt ins Taschentuch. Peinlich berührt sieht sie neben sich heulend ihre heimliche Liebe sitzen. Diese entschuldigt sich: „Das hätte nie passieren dürfen. Ich mag Frauen." Ungläubig sieht Gudrun Jadwiga an. „Du auch?" Vergessen sind die Zweifel, ob Gott oder die Kirche eine Liebe zwischen Frauen als Sünde sieht oder nicht, sie leben jetzt und hier.

Ulrikes Meister, ohne Nachkommen, ist ganz vernarrt in sie. Er will ihr den Betrieb, wenn sie die Meisterprüfung besteht, überschreiben. Er ist für sie Vaterersatz.

Gemeinsam mit Detlef verläuft ihr Leben zufrieden.

Kunata träumt von Amerika. Da fällt sie mit ihrer dunkleren Haut nicht auf.

In der nächsten Großstadt meldet sie sich im Internationalen – Kreis an. Aus aller Herren Länder treffen sich regelmäßig junge Studierende im Haus der Begegnung. Kunata ist Feuer und Flamme.

Sie erledigt Einkäufe, und bereitet die gemeinsamen Essen vor. Ihr Leben scheint perfekt.

Kleine Liebschaften erfüllen schon mal ihren Tagesablauf.

Panik – von wem ist sie schwanger? Mit zwei Medizinstudenten war sie in einer Woche intim. Sie fühlt bei dem Franzosen vor. „Was ist, wenn ich schwanger werde?" Die Reaktion ist für sie niederschmetternd. Sie vertraut sich Abel, dem Nigerianer an. Dieser ist begeistert. Er Vater? Großartig. „Es könnte sein, dass du nicht der Vater bist." „Ist mir egal, wir heiraten. Ich sehe das genauso, wie dein Vater."

Das Baby wird geboren. Der stolze Vater Abel bleibt in Deutschland und zeugt noch zwei weitere Kinder mit Kunata. Sie sind glücklich und zufrieden.

Gudrun organisiert ein Treffen mit Ulrike, Detlef, Kunata und ihrer Familie.

„Wer von euch weiß, wo Rosemarie steckt. Vergeblich habe ich sie gesucht."

Abel ist mit einem Kriminalbeamten befreundet. „Wenn einer Rosemarie findet, dann die Kripo. Ich frage meinen Freund."

Einige Tage später sucht Abel Gudrun auf. „Harald, so heißt der Mann, bei dem Rosemarie lebt, erwartet dich. Bevor du ihn aufsuchst musst du wissen, Rosemarie ist nicht mehr die Rosi, von der ihr immer erzählt. Sei auf alles gefasst."

Gudrun macht sich sofort auf den Weg. Harald wartet schon.

„Du kannst sie gleich mitnehmen. Keiner will sie mehr haben."

„Ist sie krank?" „Zimmer neun, da findest du sie." Ihre schlimmsten Befürchtungen sind real. Rosemarie arbeitet als Prostituierte.

Sie beginnt zu beten, während sie sich zum Zimmer mit der Nr. 9 begibt. >Lieber Vater im Himmel, bitte hilf mir. < Der Anblick, der einstigen Schönheit jagt ihr einen Schrecken ein. Rosi erkennt sie nicht. Sie ist zu gedröhnt und nicht ansprechbar.

Über Handy ruft sie Abel an. „Kannst du sofort hier her kommen? Rosi kommt zu mir nach Hause."

In kürzester Zeit ist Abel zur Stelle. Der Zuhälter, der froh ist, den Unkostenfaktor los zu werden, trägt die ausgemergelte Rosemarie zu Abel ins Auto.

Im Kinderheim befindet sich weit ab von den anderen Häusern eines, dass für Süchtige hergerichtet wurde. Jadwiga verlor ihren Bruder in Polen durch Drogenkonsum. Einige Jugendliche verdanken ihr und Gudrun ihr wieder gewonnenes Leben.

Hingebungsvoll pflegen die beiden Freundinnen mit ärztlicher Hilfe Rosi. Lange dauert es, bis sie sich erholt.

Rosemarie, gibt sich fröhlich. Alles scheint überstanden. Nun soll gefeiert werden. Das Haus wird geschmückt, Kunata mit ihrer Familie, Ulrike und Detlef, die Dorfbewohner, alle sind auf dem Weg zu Gudrun und Jadwiga.

Kunata stürmt vorne weg zu ihrer Schwester, die sie 8 Jahre nicht mehr sah. Die Haustüre wird aufgerissen. Gudrun tritt ihr entgegen.

„Rosi hat sich die Pulsadern aufgeschnitten. Jede Hilfe kommt zu spät."

Lesung

Der Saal ist gefüllt. Gespannt wird der Jahrhundert Autor erwartet.

Gottfried Wunders erster öffentlicher Auftritt. Den Namen kennt jedes Kind, aber gesehen hat ihn noch niemand.

Der Zeiger rückt auf 19:00 Uhr. Jeden Augenblick muss er erscheinen.

Unruhe im Raum. Es ist bereits 19:15 Uhr. Eine Dame betritt das Podium.

„Entschuldigen sie bitte, Herr Wunder wird sich etwas verspäten. In der Zwischenzeit wird sie die Band Unsinn unterhalten." Sie verlässt die Bühne, und herein stolpert mit den Musikern ein großer, sehr dicker Mann mit langen dunklen Haaren, schnappt sich das Mikrofon und begrüßt singend die anwesenden Gäste. Die Musikeinlage, nebst Sänger, begeistert die Zuhörer.

Die Gruppe der Musiker verlässt die Bühne. Zurück bleibt der kugelrunde Sänger.

Mit blumigen Worten beschreibt er den Weg den er zurücklegte, um heute und hier aufzutreten. Hinter ihm auf der Leinwand läuft ein Film ab, der zu seiner Wegbeschreibung passt. Eine Allee taucht auf. Die Bäume rauschen. Von der Bühne wehen Blätter ins Publikum.

Der Film ist beendet. Der >Sänger< baut sich in der Mitte auf und stellt sich vor. „Mein Name ist Gottfried, Eberhard, Joachim Wunder.

Aus meinem neuen Werk — Die Verwandlung-- lese ich, nur um ihr Kaufinteresse zu wecken, einige Passagen vor.

Mit einem Grinsen im Gesicht beginnt er. Seine Stimme hebt und senkt sich. Der Schriftsteller lauert ins Publikum. Seine Mimik spricht Bände.

Die Zuhörer hängen gebannt an seinen Lippen, wagen kaum zu atmen. Er liest von einer abenteuerlichen Reise mit einem Zug. Entsprechende Geräusche und Bilder untermalen die Lesung.

Ehepaar Knoblauch sitzt in der ersten Reihe. Er spricht leise ins Ohr seiner Frau.

„Was hast du, willst du nach Hause? Hör endlich auf mich zu knuffen."

Sie „Der Wunder sieht irgendwie anders aus. Seine Hose sitzt nicht mehr richtig. Die rutscht bestimmt bald herunter."

„Du siehst wie immer Gespenster. Gib endlich Ruhe. Die Leute gucken schon."

Wieder hält der Zug in der Geschichte, nach einem ereignisreichen Streckenabschnitt, an einer Station.

Eine Dampfwolke fegt zischend über die Bühne. Einige Damen, die sich erschrecken, kreischen. Der Blick aufs Podium wird wieder klar. Auf der Bühne steht ein anderer Mann. Dieser ist vollschlank, seine Haare kurz und blond.

Das Publikum raunt. Er lässt seine Jacke zu Boden gleiten. Breite, bunte Hosenträger halten die inzwischen zu große Hose. Gottfried Wunder lacht und kündigt die Pause an.

Die Menge klatscht begeistert.

Wieder begibt sich die Band auf das Podest. Die Pause wird musikalisch mit den Wünschen der Damenwelt überbrückt. Die Stimmung könnte nicht besser sein.

Einige Paare begeben sich in die Gänge und tanzen. Schließlich verlassen die Musiker das Podium.

Wunder betritt erneut die Bühne. Der Schriftsteller, immer noch vollschlank und blond, hat seine Hose gegen eine Jeans gewechselt. Die Hosenträger sind dieselben.

Klatschend erheben sich die Zuhörer. Gebannt lauscht das Publikum dem 2. Teil der Lesung.

Mit einer Trillerpfeife setzt sich der Zug ein letztes Mal in Bewegung. Ärgerlich will Wunder eine schwarz, rot, goldene, kleine Fahne, die aus seinem Hosenschlitz heraus hängt, in die Hose stopfen. Ein Knall, - die Hose rutscht trotz Hosenträger herunter. Der vergebliche Versuch, die Hose an ihrem Platz zu halten, gibt den Blick auf bunte, enganliegende Beinkleider frei. Er steht da, tastet erstaunt seinen Bauch und Beine ab. Mit einer schnellen Bewegung entfernt er die blonde Haarpracht.

Ein schlanker, glatzköpfiger Gottfried Wunder steht vor seinem Publikum und verbeugt sich.

Jubelrufe und Standing Ovation begleiten den Schriftsteller hinaus.

Historisches Ereignis

In einem Garten

„Hörst du es auch?" „Was denn?" „Diese dumpfen, schmatzenden, Töne?"

„Toni hör auf zu spinnen."

„Es wird lauter. Ich glaube das Geräusch kommt näher." „Nö, ich sehe nur, dass sich der kleine Busch auf dem grünen Hügel da hinten bewegt.

Da war doch noch nie ein Busch auf einem Hügel. Habe ich etwas verpasst? Schmatzen, Töne? Du hast ja´n Vogel, ich höre nichts."

„Jetzt wo du das sagst, ein grüner Hügel mit Gestrüpp, das ist mir auch neu. Aber die Geräusche, hörst du die immer noch nicht?" Gisbert gelangweilt: „Is ja gut, wenn du willst, hör ich sie auch."

„Bilde ich mir das ein, oder ist der Busch gewachsen? Kneif mich mal, das Gestrüpp kommt näher."

Die Beiden sind sprachlos so wie erstarrt, und sehen den Busch mit samt der grünen Erhebung tatsächlich näher kommen.

Toni findet zur Sprache zurück. „Schau nur, dieser kleine Busch klebt auf einer riesigen, grünen Schnecke." „Schätze das Vieh ist 3 m lang, und ein wandelnder Garten. Was auf der alles wächst. Von wegen klebt. Hast du Angst?"

„Nein, sie sieht so freundlich aus, ich glaube sie lächelt uns an."

Unaufhörlich legt die Schnecke ihren Weg, der genau zu den Kindern führt, fort. Einige Stauden, die auf der Schnecke wachsen, wippen zum Mund der Schnecke, die sie gleich verspeist. Sie gleitet und vertilgt alles, was ihren Weg kreuzt, und hinterlässt eine kahle, glibbrige, hellgraue Spur.

„Hörst du es jetzt? sie schmatzt." „Wie unanständig. Ich hol mein Smartphone und stell die Fotos mit dir und dem Monster ins Netz. Das glaubt uns sonst keiner. Für eine Schnecke ist sie riesig." Gisbert läuft zum Haus.

Toni kann nicht widerstehen, streckt die Hand aus und streichelt den >Riesen<. Wie Moos fühlt sie sich an. Sie verharrt in ihrem Gleiten. Toni führt beide Hände über die Schnecke. Unter der Haut sind Knubbel, und harte Beulen auf dem Körper.

Toni spricht mit ihr, als könnte die Schnecke sie verstehen. „Du arme Kunigunde, tut dir etwas weh? Was ist bloß mit dir passiert?"

Gisbert kommt zurück. „Kunigunde? Wer ist das denn?" „Na die Schnecke, sieht sie nicht aus wie eine Kunigunde?" „Kunigunde, Kunigunde, dass ich nicht lache. Eine Schnecke mit dem Namen Kunigunde." Toni gesellt sich zu ihrem Bruder.

„Ich werd verrückt. Sie folgt dir wie ein Hund. Das ist der Knaller. Du mit einer riesigen, grünen Schnecke. Zu den Fotos, drehe ich noch einen Film. Der Film macht uns reich, wenn ich den ins Facebook stell. Die Eltern überraschen wir mit einem Haufen Geld. Das Haus und den Garten können wir dann kaufen. Die Schnecke wird unser Haustier."

Toni entsetzt: „Bist du verrückt, das kommt gar nicht in Frage. Dann nehmen sie uns Kunigunde weg."

„Da fällt mir etwas ein. Kannst du dich erinnern? Vor Jahren gab es einen kleinwüchsigen Forscher. Der hatte so einen komischen Namen." Toni unterbricht ihren Bruder: „Was ist an dem Namen Florian Wunderstatt komisch? Ich finde den Namen schön." „Experimentierte der nicht mit irgendwelchen Wachstumsgenen, bis ein Unfall passierte? Nie wieder hat man etwas von ihm gehört. Wir können im Internet forschen. Vielleicht finden wir etwas, dass das mutierte Kunigundchen erklärt." „So machen wir das. Das ist unser Geheimnis." Toni ist begeistert. Gisbert bestätigt: „Unser Geheimnis, wie sagen wir es aber Mama und Papa? Verstecken können wir sie vor ihnen nicht. Sie ist viel zu groß"

Die Kinder eilen zum Haus. Die grüne Riesenschnecke schleimt hinter ihnen her.

Im Jahr 2113

2113 ist in der Tierklinik Moorgräfe der Teufel los.

Die Besitzer sitzen mit ihren Tieren verängstigt im Wartezimmer.

Normalerweise unterhalten sich die Menschen angeregt miteinander, oder tauschen Erfahrungen aus.

Nicht so an diesem Tag. Bedrückt sitzen sie neben einander.

Der Fernseher an der Wand läuft. Das Dauerprogramm - Tierfilme ohne Geräusche.

Plötzlich schaltet sich der Ton selbstständig ein. Eine Journalistin tritt vor die Kamera. Bilder aus dem Landkreis werden übermittelt.

Sie spricht ins Mikrofon: „Seit heute Morgen geschieht Merkwürdiges. Hunde und Katzen wachsen auf unerklärliche Weise. Fieberhaft wird nach der Ursache gesucht."

Der Ton erlischt. Der Tierfilm geht weiter.

Im Wartezimmer wird es laut. Die Menschen reden jetzt aufgeregt miteinander. Alle suchten aus demselben Grund die Klinik auf. Die tierischen Lieblinge sind, obwohl erwachsen, grundlos größer geworden.

Eine ältere Dame meldet sich zu Wort: „Das Dosenfutter von Gudarka riecht eigenartig. Als das vor einigen Wochen auf den Markt kam, kaufte ich es. In den Medien wurde das neue Tierfutter, ohne chemische Zusatzstoffe, besonders angepriesen. Meine Katzen sind ganz verrückt nach dem Zeug, und schlingen alles in sich hinein." Eine Andere: „Ich lese immer genau durch, wie das Futter zusammen gesetzt ist und muss sagen, hochwertige unverfälschte Zutaten. Daran kann es wohl nicht liegen."

„Und was heißt Kyrazuna? Das steht ganz winzig vor dem Verfallsdatum." Ungläubig sehen alle Wartenden einen jungen Mann an. „Ich bin hier, um mir vom Tierarzt erklären zu lassen, was das für ein Zeug ist. Meine 3 Katzen und die beiden Hunde füttere ich mit dem, was meine Mutter für uns alle kocht. Sie musste in die Klinik und fällt einige Zeit aus. Die Zeit zum Kochen wollte ich sparen, und mir in der Zwischenzeit mit den Dosen von Gudarka helfen. Bei unseren Tieren ist mir noch nichts aufgefallen."

Karla, die Tiermedizinische Fachangestellte, bittet den ersten Patienten herein, und begrüßt Frau Gabriel: „Haben sie sich endlich mit ihrem Mann geeinigt, und einen Spielgefährten für Kuno angeschafft?"

„Nein, das hier ist Kuno." „Das kann nicht sein. Dieser Vierbeiner ist doppelt so groß wie Kuno, sieht aber genauso aus."   „Er ist in den letzten Wochen größer geworden."

„Ich habe davon gehört, es aber als Witz abgetan."

Tierarzt Dr. Hoppa wird von seinem Freund, Veterinär Zwickel, vertreten, und begrüßt Frau Gabriel mit den Worten: „Haben wir hier eine dieser mysteriösen Wachstumsgeschichten? Gehört habe ich das schon einmal, aber noch nie gesehen."

Er will Kuno, der von einem Rehpinscher zur Größe eines Dackels mutierte, untersuchen. Dieser knurrt und fletscht die Zähne. Frau Gabriel: „Das verstehe ich nicht, er ist doch sonst so lamm fromm."

„Unter diesen Umständen, müssen sie wieder kommen, wenn Dr. Hoppa da ist."

Alle weiteren Patienten lassen sich genau so wenig behandeln wie Kuno.

Katze Kleo, eine ganz normale Europäische Hauskatze, die mit ihrer Besitzerin, Frau Günsel, aus einer Großstadt zu gezogen ist, lässt sich problemlos behandeln. Sie ist der einzige Patient, der nach wie vor die gleiche Größe und Gewicht hat.

„Was füttern sie?"

„Ich traue den Fertigprodukten nicht, auch wenn darauf steht ohne chemische Zusatzstoffe. So etwas essen wir auch nicht. Alles frisch vom Metzger." Kleo bekommt ihre Impfung. Frau Günsel verlässt mit ihr die Praxis.

„Karla bitte besorgen sie mir aus dem nächsten Laden einige verschiedene Dosen von diesem

Gudarka. Ich vermute, dass da etwas enthalten ist, dass das Wachstum anregt."

Kurze Zeit später kommt Karla mit verschiedenen Dosen Gudarka vom Supermarkt.

Dr. Branco Zwickel schließt die Praxis und begibt sich mit den verschiedenen Produkten der Firma Gudarka zu seinem Freund Malte, einem Ernährungswissenschaftler. Zur Untersuchung lässt er ihm das Fertigfutter da.

„Ich melde mich bei dir, wenn das Ergebnis vorliegt." Da die Freunde sich selten sehen, trennen sie sich nach einem gemütlichen Abend.

Am anderen Morgen ist es Dr. Zwickel nicht möglich, die Tiere zu untersuchen, die ihn wie am Vortag auf unerklärliche Weise angreifen. Er schließt die Praxis, und setzt Dr. Hoppa davon in Kenntnis, der irgendwo im australischen Busch seinen Urlaub verbringt.

Dr. Hoppa, den die Nachricht des wundersamen Wachstums erreicht, begibt sich sofort auf den Rückweg. Seine Vertretung erwartet ihn ungeduldig.

Die beiden Tierärzte setzen sich bei einem Glas Rotwein zusammen. Das Ergebnis des Ernährungswissenschaftlers liegt auf dem Tisch.

Die Zutatenliste des Tierfutters besteht, bis auf Kyrazuna, aus völlig normalen Zutaten.

„Branco, was zum Teufel ist das für Zeug. Hast du schon davon gehört?"

„Sagt dir der Name Florian Wundestatt etwas? Sein Sohn Oliver ist genau wie sein Vater Genforscher und setzte die Experimente seines Vaters fort. Musste jedoch seine Versuche einstellen. In seinem Versuchslabor starben aus Gründen, die nie untersucht wurden, 92% der Tiere.

Sein Vater verschwand urplötzlich. Ich bin mir nicht sicher, glaube aber mich zu erinnern, den Namen Kyrazuna in Verbindung mit Florian Wunderstatt schon gehört zu haben. Das ist so lange her, und mir bis jetzt nicht mehr auf dem Schirm. Das war angeblich ein harmloses Wachstumshormon. Die Herstellung wurde ihm untersagt. Oliver besitzt eine Plantage und züchtet Gemüse. Er ist nie auffällig geworden.

Mein Horoskop:

1. Ihre Sparsamkeit zahlt sich aus.

2. Achten sie auf ihre Gesundheit, treten sie kürzer.

3. Seien sie offen für Neues.

4. Ihre Glückszahl ist die 7.

So ein Mist, ausgerechnet jetzt geht das Auto kaputt. Reifen

und die Elektrik alles kostet mehr, als der Bock wert ist.

Jahrelang nur reduzierte Ware gekauft, und den gesparten Betrag an die Seite gelegt. Durch laufen und Fahrrad fahren Sprit gespart. Da kommt schon einiges zusammen. Mal sehen, wie die Sparsamkeit sich auszahlt.

Von wegen, treten sie kürzer. Mehr geht nicht. Kürzere Schritte, die kann ich wohl noch machen. Diese bla – bla Aussagen, typisch für ein Horoskop.

Kennenlernen übers Internet, wäre etwas Neues. Nicht so altbacken wie üblich. Man sollte mit der Zeit gehen.

Was man da alles findet: Natürlich, gebildet, nicht unvermögend, sensibel und vom Foto her, wie sagt man so schön, vorzeigbar. Ein Männergesicht strahlt aus dem Monitor. Dann kommt seine Ich-Beschreibung. Die ist etwas für dumme Hühner. Ich gehe der Reihe nach und wähle meine Glückszahl 7, nämlich das 7. männliche Geschöpf. Kein Foto, das gefällt mir. Fotos können gewaltig täuschen. Ich schicke ja auch keins.

Mit der Glückszahl im Hinterkopf nehme ich mir vor, jeden 7. Tag eine von seinen Mails zu beantworten. Manchmal muss ich mich beherrschen, um nicht früher zu antworten. Das liest sich alles wunderbar. Sollte mein Horoskop mir tatsächlich die Zukunft weisen? Inzwischen sind 7 Monate vergangen. Emanuel, so heißt meine Nummer 7, will sich unbedingt mit mir treffen.

Wir verabreden uns. Autobahnraststätte Dammer Berge.

Seit einer Stunde warte ich, niemand kommt.

Am nächsten Tag lese ich in der Zeitung. Schwerer Unfall in Cloppenburg. Für Emanuel war diese Verabredung tödlich.

Susannes Traum

Acht Jahre hängt Susanne an Reno, dem Franzosen. Bis heute kennt sie ihn nicht richtig. Es ist eine Zwangsbindung, sehr praktisch. Wenn man ihn benötigt, ist er da. Ab und zu muckt er; nach gutem „Zureden" ist bis heute Verlass auf ihn. Er ist ein richtiges Arbeitstier. Der Gedanke Reno fallen lassen und gegen einen anderen austauschen, bereitet ihr Unbehagen. Eine Lösung wird sich gegebenenfalls finden.

Umsehen kann sie sich ja und kostet nichts.

Diese Situation ändert sich vor 4 Wochen. Gute Freunde sehen mit Susanne ins Internet. Erstaunen ihrerseits; „ So viele suchen? Wie kann man da den Richtigen heraus picken?" Sebastian, Karin und Susanne sortieren erst einmal. Die Neugier siegt über Unsicherheit. Fotos, das weiß jeder, können gewaltig täuschen. Alle kennen lernen, das ist unmöglich.

Man beschränkt sich auf 16. Viele fallen nach dem ersten Kontakt durch.

In Hameln bekommt Susanne große Augen.

Er ist ein Knaller.

Was für eine Erscheinung.

Sehr gepflegt, optisch ein Schönling, aber, wo ist der Haken. Auch ihre Begleitung ist begeistert. „Der passt zu dir. Groß, gut gebaut, alles in allem macht er einen zuverlässigen Eindruck." Sie verabreden sich für den kommenden Mittwoch. Sofort festlegen bei der Vielzahl der „Angebote?" Diese letzte Bindung soll so lange dauern, bis sie nicht mehr in der Lage ist, mit ihm gemeinsam etwas zu unternehmen.

Der nächste in Coesfeld macht einen kranken Eindruck. Keine Farbe

einfach nur blass und krank, kommt gar nicht in Frage.

In Gladbeck macht es zum ersten Mal richtig Klick, und sie dachte nur noch an ihn. Karin unkte: „Sie hat sich verliebt. „Hier, sieh mal diesen, den hast du noch gar nicht gesehen. Wie gefällt er dir?" Sie zeigt einen Internet Ausdruck, „das könnte doch auch passen." Er, vom Alter und Anblick wirklich nett.

„Abnutzungserscheinungen" hielten sich genau wie bei ihr in Grenzen. Hinzu kommt, er ist ein „Grüner".

In Gladbeck, der „Luftikus" ist viel zu eitel. Zugegeben für sein Alter eine sehr gute Erscheinung". Nun waren es Drei, die ihr im Kopf herum spukten.

Die Suche beginnt richtig Freude zu bereiten. Immer wieder neue Menschen kennen lernen, und gemeinsam das Für und Wieder abwägen.

In Hamburg kann der Termin nicht eingehalten werden. Ans Telefon geht niemand. Egal, es gibt genug andere.

„Was hältst du von dem hier? Sebastian hat ihn gestern noch gefunden." Nummer 17. Nach dem Durchlesen der Beschreibung - ihr Kommentar: „Einen armen Schlucker will ich nicht. Der kostet mich bestimmt zu viel Geld."

„Er hat aber nicht so angegeben wie die Anderen. Anschauen kannst du ihn dir ja." Sie fahren in einen anderen Stadtteil von Hamburg.

Karin telefoniert mit ihm: „Passt es, wenn wir ca. in einer halben Stunde bei ihnen sind?"

Häuserblock an Häuserblock, alles sieht gleich aus. „Da, an der Straße, das scheint er zu sein." Sebastian und Susanne steigen aus und Karin sucht einen Parkplatz fürs Auto.

Susanne, mit männlicher Unterstützung, näherte sich. Nach erster Skepsis nimmt das Gespräch einen guten Verlauf. Ein gutes „Bauchgefühl" beflügelt sie zu ihrer Entscheidung. „Bestimmt haltet ihr mich jetzt für verrückt, aber ich probiere es. Ein Risiko besteht immer. Wir fahren erst einmal nach Hause und rufen an, wann wir wiederkommen."

Die Heimfahrt verläuft sehr unterhaltsam. Nicht sofort bei Susanne einziehen, das war allgemein klar. Einiges muss vorbereitet und bedacht werden. Karin und Sebastian bieten ein „Gästezimmer" an. „Bist du sicher, dass du das schaffst?"

„Reno bleibt. Ich versuche es. Andere fahren auch zweigleisig".

In Gedanken wägt sie ab. Reno und Titian, gegensätzlicher geht es nicht.

Reno, im Gegensatz zu Titian, ein junger Hüpfer und guter Arbeiter, ist sehr heimatverbunden obwohl er französischer Abstammung ist. Titian, seinem Alter entsprechend, ein ruhiger Vertreter mit einigen Alterserscheinungen, dagegen sehr unternehmungslustig. Er ist ein Deutscher.

Die Entscheidung für Susanne ist gefallen. Die Beiden finden einen Versuch auch nicht so abwegig.

Ein sehr amüsanter Gedanke. Einmal Reno und ein Andermal Titian.

Ob sie das wirklich schafft, wird der Versuch zeigen.

Am darauffolgenden Sonnabend holen sie Titian mit Sack und Pack ab.

Unterwegs, während einer Pinkelpause, bekommt Titian, der etwas durstig ist, zu trinken. Nach 30 Minuten geht es ohne einen weiteren Zwischenstopp nach Großefehn.

Einige Wochen dauert es noch bis zur ersten gemeinsamen Fahrt.

Bei dem Aussehen, es könnte schlimmer sein, geht es zuerst in den Schönheitssalon, dann in die Chirurgie. Er ist mit Allem einverstanden.

Wie gut kann man sich auf einander verlassen? Diese Frage stellt sie sich wieder und wieder. Die Zeit fliegt nur so dahin. Endlich, es ist so weit, es geht los.

Zufrieden lächelnd liegt sie mit Titian am Waldrand. Die Nacht verbrachten sie in gemütlicher Zweisamkeit. Am frühen Morgen beobachtet sie mit dem Feldstecher ein Rudel Rotwild. Ein lang ersehnter Traum hat sich erfüllt.

In der Nähe ein See, der zum Schwimmen einlädt, und ihren Appetit anregt.

Titian kann nicht schwimmen, dafür geniest er gewaschen zu werden, um in neuem Glanz zu erstrahlen.

Mit Titian fährt sie den gut befestigten Feldweg zum Dorf und weiß, die Wahl des VW Multi Van war eine gute Wahl. Mit seinen 28 Jahren hat er keine schwer wiegenden Roststellen. Das einzige Manko — er ist ein Stinker >Diesel<. Sebastian, der für die Beurteilung zuständig war, schloss alle anderen, die viel jünger waren, wegen der schlechteren Substanz aus.

Reno, der Renault Kangoo, ist und bleibt gut für den Alltag.

Tor zu einer anderen Welt

Übergroß und barfüßig stampft er durch den idyllischen Garten.

Mit den großen, schwieligen Füßen fegt er alles, was im Weg liegt, fort.

Ein Teich, übersät mit Entengrütze, gebietet ihm Einhalt. Er spricht laut in einer Sprache, die Hilke auf der anderen Seite des Weihers, fremd ist. Von ihm unbemerkt, beobachtet sie ihn.

Der Mann geht Schritt für Schritt zurück und nähert sich erneut dem Teich. Vorsichtig berührt er mit einem Fuß das Wasser und zieht ihn entsetzt zurück.

Was ist das? Der nackte Fuß ist wie von Geisterhand grün. Er bewegt ihn hin und her. Nichts –

Dieses Zeug klebt noch immer an ihm.

Das kleine Mädchen, auf der gegenüber liegenden Seite macht sich bemerkbar. Hilke winkt und ruft. Mit starrem Blick begibt er sich zu ihr. Sie lenkt ihn durch Gesten um diese ihm fremde Masse.

Er kann sich nicht erinnern, so etwas schon einmal gesehen zu haben.

Bei ihr angekommen fragt Hilke: „Woher kommst du? Du siehst so anders aus. Warum hast du nur eine Hose an, es ist doch kalt? So große Füße habe ich noch nie gesehen. Was ist das für eine Sprache, die du sprichst."

Sein Gesicht ist nach wie vor ausdruckslos. Ganz langsam wiederholt sie ihre erste Frage. „Woher kommst du?"

Sein Gehirn arbeitet. Hilke beobachtet die Veränderung seines Gesichtsausdrucks.

Er überlegt. Woher, woher — er weist hinter sich auf ein versteckt liegendes, eingefallenes Tor.

Angst macht sich in Hilke breit. Sie weiß, dass sich hinter diesem einsturzgefährdeten Eingang für sie, eine verbotene Welt, befindet.

Vor ihm hat sie keine Angst. Noch nie ist ihr ein erwachsener Mann begegnet der sehr komisch, ihr trotzdem nicht fremd erscheint. Sie mag diesen eigenartigen Gesellen mit den riesigen Füßen.

Unaufhörlich redet sie weiter auf ihn ein.

Der Satz, komm mit zu meiner Mama, verändert schlagartig die Stimmung. Sein Gesicht strahlt.

Er ruft Mama, Papa immer wieder und wieder.

Hilke nimmt ihn an die Hand. Widerstandslos geht er mit ihr. Unterwegs beginnt ihre neue Bekanntschaft Worte zu formen, die aus seinem Unterbewusstsein heraus sprudeln. Erst unverständlich, dann so klar in ihrer Sprache, dass Hilke diese verstehen kann. Nach jedem Wort fragt er wiederum Mama, Papa? Sie nickt zustimmend.

Ungeduldig wartet Hilkes Mutter, Henriette Hellmann, auf ihre überfällige Tochter.

Das Haus liegt unterhalb einer Bergkuppe. Von der Sonne geblendet, sieht sie eine große Gestalt, an der Hand ein kleines Mädchen, am Bergkamm auftauchen.

Beim Näherkommen erkennt sie Hilke, Hand in Hand mit einem Mann in ihrem Alter.

Der Anblick des Fremden weckt Kindheitserinnerungen.

In der Grundschule gab es einen kleinen Jungen. Ärmlich gekleidet mit riesigen Füßen, die nie Schuhe trugen. Alle Kinder der Schule hänselten und quälten diesen fröhlichen, sanften Knaben. Trotzdem lächelte er immer. Sie war eine von den Schlimmsten. Sollte das etwa?

Mit aller Macht drängen sich Bilder der Schulzeit in ihren Kopf.

Wie hieß er noch? Sein Name fällt ihr nicht ein. Wohl aber der Spitzname, den sie ihm gab.

Enten Fuß, du Albtraum deiner Mama, du bist Horror für uns.

Von diesem Moment an rief man ihn nur noch Horro.

Seinen richtigen Namen vergaß man.

Mit den Eltern verschwand er von heute auf morgen. Man munkelte, dass Herr Friedmann mit seinen Erfindungen Aufsehen erregte, und deshalb mit der Familie fort zog. Niemand wusste etwas Genaueres. Friedmanns waren einfach nicht mehr da und gut war es.

Zwei Jahre nach dem Fortgang der Familie Friedmann war ihr kleiner Bruder nicht mehr auffindbar. Hermann spielte oft mit Horro. Er war schüchtern und zu klein für sein Alter. Bei den Streichen und Gemeinheiten Horro gegenüber, machte er nie mit. Horro wurde nur böse, wenn man Hermann ärgerte. Wie etwa, Gnom, Zwerglein hast du zu früh den Bauch deiner Mama verlassen?

Seine Wut kannte dann kaum Grenzen. Die beiden wurden unzertrennlich.

Sie war neidisch auf Friedmanns. Nie hörte man ein böses Wort.

Bei ihren Eltern dagegen gab es ständig Streit. Langte das Geld nicht, machte der Vater der Mutter Vorwürfe. Sie könne mit den Finanzen nicht umgehen. Kam er unerwartet früher nach Hause, motzte er, dass das Essen nicht auf dem Tisch stand, wenn er hungrig von der Maloche kommt.

Ständig gab es etwas zu meckern. Sie und ihr Bruder machten nie etwas richtig. Begreift ihr nichts? Wie dämlich seid ihr eigentlich?

Von Tag zu Tag gifteten sich die Eltern mehr an. Um jede Kleinigkeit wurde gestritten.

Frau Hellmann übermannt von ihrem schlechten Gewissen, nimmt, für sie bestehen noch Zweifel, den Unbekannten mit ihrer Tochter ins Haus.

In der Garage stehen nicht abgeholten Altkleider. Mit den Männersachen begibt sie sich in die Küche.

Ihre Tochter sitzt einträchtig neben dem mitgebrachten Gast.

Das Essen, das vom Mittag übrig blieb, hat sie ihm erwärmt. Überrascht von den guten Manieren, steht sie wie angewurzelt da, und sieht den Beiden zu.

Hilke kaut lustlos an ihrem Brot. Beide Ellenbogen aufgestützt, hängt sie am Tisch. Tischmanieren, die eigentlich selbst verständlich sind, vermisst sie plötzlich bei Hilke. Warum fiel es ihr nicht auf?

Ihr Vater überlebte ihre Mutter einige Minuten. Die Obduktion ergab, dass Beide eine Überdosis Schlaftabletten nahmen.

Missgunst und die täglichen Auseinandersetzungen machten ihre Eltern so krank, dass sie des Lebens überdrüssig wurden.

Dies geschah vor sieben Monaten. Eigentlich müsste sie froh sein. Endlich kein Zank und Streit mehr.

Henriette gleichgültig geworden, ließ alles schleifen und kümmerte sich nur noch um das Nötigste. Ihr Ehemann Gisbert, der sie vergötterte, und ihr jede Kleinigkeit abnahm, verunglückte vor 5 Jahren tödlich auf der Autobahn. Hilke mit ihren 7 Jahren erinnert sich nicht an ihren Vater.

Sie muss Gewissheit haben und fragt: „Horro bist du es?"

„Horro?" Der Angesprochene strahlt und erwidert: „Nicht Horro, Noah." Ihr Gefühl hat sie nicht getäuscht. Ihr wird abwechselnd heiß und kalt. Er hat sie erkannt.

Es ist Noah, dem sie den Namen Horro gab. Als wäre er hier zu Hause, sitzt er auf dem Stuhl und lächelt.

„Mama kann Noah bei uns bleiben?" „Ja, solange er möchte." Nach dem Essen begleitet sie ihn in das Badezimmer.

Ihr drängt sich die Frage auf, warum ist er so schmutzig?

Sie legt ihm die Kleidung hin und zieht sich zurück.

Stunden sind vergangen. Noah, als wäre ein Schalter umgelegt, ist wie ausgewechselt. Er, sehr nachdenklich, wendet sich Frau Hellmann zu, und spricht sie mit Vornamen an. „Henriette ich muss weiter, und meine Eltern suchen. Danke für alles. Wie lange ich unterwegs bin, das weiß ich nicht. Im Berg sind so viele Gänge. Niemand kennt den Weg, der aus unserem Ort hinaus führt.

Ich entledigte mich der Kleidung, da es zu warm war, fand sie aber nicht wieder.

Die Eltern fliegen immer mit dem Hubschrauber.

Sind sie gemeinsam unterwegs, bleiben sie nie länger als zwei Tage fort.

Hermann muss die Prüfung noch ablegen, bevor er alleine fliegen darf. Vater wollte Vorräte, und Ersatzteile beschaffen. Die Stromversorgung funktioniert nicht mehr richtig."

„Sprichst du von meinem Bruder, der plötzlich verschwand und nie wieder auftauchte?"

„Mama sagt, bei uns ist er besser aufgehoben. Er ist jetzt mein Bruder."

Henriette schnappt nach Luft. Sie bringt kein Wort heraus.

„Den größten Wunsch erfüllten meine Eltern Hermann. Er wollte immer mein Bruder sein. Nie wieder wurde er gehänselt. Er ist, ich wieder hole mich, mein kleiner Bruder."

Unsicher, mit leiser Stimme fragt sie: „Hermann lebt? Kann ich zu ihm?"

Noah überhört die Frage. „Ich muss die Eltern finden."

„Ich helfe dir. Hilke bringe ich, solange wir fort sind, zu ihrer besten Freundin."

„Du kannst nicht mit. Fremden wird kein Zutritt gewährt. Bevor du fragst, ja wir gehen zur Schule.

Am Ort gibt es Privatschulen. Jeden Beruf können wir erlernen. Wenn nicht bei uns, dann werden wir ausgeflogen, und wohnen bei Freunden vom Vater. Geld spielt überhaupt keine Rolle.

Keine Einflüsse der Umwelt stören unseren Frieden. Jeder, der auf eigenen Beinen steht, entscheidet wie, und wo er in Zukunft leben will. Eine Bedingung stellen die Eltern. Umschau halten und helfen. Das heißt, Menschen mit körperlichen Einschränkungen fördern."

„Wir geben eine Suchanzeige mit meiner Telefonnummer auf. Ich kümmere mich um die Medien. Bitte, lass mich helfen. Mein schlechtes Gewissen, dir gegen über, plagt mich seit Jahren."

„Auf das nächst liegende bin ich gar nicht gekommen.

Möglichkeiten der Medienvielfalt sind bei uns im Tal nur auf einem Hügel möglich. Das Bürohaus auf der Erhöhung unterliegt strengsten Sicherheitsvorschriften wegen Vaters Patenten. Die Kinder, werden von diesen Einflüssen so lange abgeschirmt, bis sie für das Leben „draußen" gewappnet sind. Erwachsene, die mit der Schulbildung fertig sind, können auf Wunsch in den normalen Trubel außerhalb unserer Gemeinschaft übersiedeln.

Den Schlüssel für die Energieversorgung muss mein Vater versehentlich mitgenommen haben.

Viele Geschwister habe ich bekommen. Vater brachte immer wieder Kinder mit, die unglücklich waren auf Grund ihrer körperlichen Behinderung. Zugegeben du hast Hermann geliebt und vermisst, nicht deine Eltern. Vaters Erfindungen brachten sehr viel Geld ein. Deine Eltern verkauften Hermann. In der Akte steht schwarz auf weiß: Ehepaar Weißkopf stimmt der Adoption ihres Sohnes Hermann durch das Ehepaar Friedmann zu.

Hatte Mama bedenken, sagte Vater: Drückt man die richtigen Knöpfe, und es fließt Geld, erreicht man, was unmöglich erscheint.

Ich dachte sie wären hier, weil sie von der alten Heimat sprachen, bevor sie fort gingen. Wo aber ist die alte Heimat? Meine Kindheit war wie ausgelöscht.

Unser Prediger sprach von einem Mädchen, das zu gegebener Zeit Hilfe bringt. Hilke stand auf der anderen Seite vom Teich. Für mich war klar, sie führt mich zu den Eltern."

„Hast du sie denn verloren?" Sie überspielt die Überraschung. Er redet wie jeder normale Mensch.

„Ja, sie sind nicht wieder gekommen. Wir benötigen in unserem Ort viele Dinge, auch neue Lebensmittel. Die Noteinlagerungen reichen für ca. 2 Wochen."

„Lass uns gemeinsam suchen und dahin gehen, wo dein jetziges zu Hause ist. Vielleicht sind sie inzwischen zurück."

Henriete ist aufgeregt. Endlich eine Aufgabe, die sie mit ganzem Herzen anpacken kann. Die Polizei wird informiert. Bei dem Namen Friedmann überschlagen sich die Beamten. „Meinen sie den Friedmann, den Multimillionär? Noah bestätigt das. Nun läuft alles wie von selbst. „Wir schicken ihnen einen Hubschrauber, der sie ins Tal fliegt. Friedmanns sind sicher zurück, es liegt keine Meldung über einen verunglückten Helikopter vor."

Unter Protest wird Hilke zur Freundin gebracht. Kurze Zeit später ist der Flieger da, und befördert Henriette und Noah über die Berge ins Tal.

Ehepaar Friedmann wird noch immer vermisst. Aus der wartenden Menge löst sich ein junger Mann und eilt auf Henriette zu. Er bleibt vor ihr stehen und mustert sie. „Kennen wir uns?" „Nicht das ich wüsste." „Sie sind fremd hier und doch meine ich, sie zu kennen."

Noah schaltet sich ein. „Henriette darf ich vorstellen, das ist mein Bruder Hermann."

Ungläubig starrt sie den ihr gegenüber stehenden Mann an. „Mein Bruder, dein Bruder, der Hermann? Das glaube ich nicht. Er ist ja ein ganz normaler junger Mann." Zweifel hat sie noch immer.

„Es gibt auch kleine Wunder. Glaube mir, das ist Hermann. Vater ist mit Wissenschaftlern befreundet, die sich mit ungewöhnlichen Krankheiten befassen. Er steckte Millionen in die körperlicher Anomalien." Sieh dich um, die Kinder haben sich alle normal entwickelt."

Das Fremdeln der Geschwister weicht einem Glücksgefühl. Hermann nimmt seine, für ihn körperlich kleinere Schwester in den Arm, und wirbelt sie herum. Die Talbewohner stehen um Noah und die Geschwister. Es gibt viel zu erzählen. Beamte unterbrechen die fröhliche Runde.

„Wir starten umgehend eine Suchaktion." Die georderten Hubschrauber fliegen nach und nach ein, laden die gewünschte Fracht mit Lebensmitteln ab. Notstromaggregate sind auch dabei. Das Leben kann seinen geordneten Gang wieder aufnehmen.

Was ist passiert?

Nach dem Start Friedmanns, durch das Tal zum bewaldeten Gebirge, ist der Flug ruhig. Aus unerklärbarem Grund, brechen die Rotorblätter plötzlich ab. Der Hubschrauber stürzt mitten im Gebirge in den Wald. Das Ehepaar liegt viele Stunden benommen in den Trümmern. Daniel Friedmann schafft es, sich zu befreien. Der Kraftakt, seine Frau, die eingeklemmt ist, aus dem Durcheinander heraus zu ziehen, dauert Stunden. Zu große Schmerzen hindert Frau Friedmann daran auf zu stehen. Die Notration Essen im Laderaum für 4 Personen, so wie das erste Hilfe Päckchen ist unbeschädigt. Eingepackt in eine Decke, lässt er seine Frau Esther mit Wasser und schmerzstillendem Medikament, zurück. Orientierungslos begibt er sich auf einen Trampelpfad, um Hilfe zu holen.

Erschöpft lehnt er an einen Baum. Er hofft, in der Dunkelheit, durch die Sterne seinen Weg zu finden. Schlaf überfällt ihn. Durch Vogel Gezwitscher erwacht er am nächsten Morgen. Die Glieder schmerzen, ihm ist kalt. Gedanken an Esther treiben ihn an. Ziellos folgt er einem Rinnsal, das sich durch das Unterholz schlängelt, und in einen Bach mündet. Die Sonne scheint. Ein paar Stunden verbringt er dösend an einer geschützten Stelle, um neue Kraft zu tanken.

Wie erhofft, funkeln am Abend die Sterne. Der Mond leuchtet, und verwandelt den Bach in ein glitzerndes Band. Mühelos folgt er dem sich dahin schlängelnden, breiter werdenden Gewässer.

Gegen Morgen ist es geschafft. Vor ihm eine Siedlung. Am ersten Haus angelangt, reißt er die Bewohner aus dem Schlaf.

Mit einer Entschuldigung stellt er sich vor. „Sie sind der gesuchte Friedmann?" Noch im Schlafanzug holt Herr Freitag sein Auto aus der Garage. Keine Zeit verlierend, drückt Frau Freitag Friedmann einen heißen Tee in die Hand. Schon sitzt er im Auto, und Freitag liefert Friedmann beim ADAC, der 7 km entfernt stationiert liegt, ab. Alles geht sehr schnell. Frau Friedmann wird ins nächste Krankenhaus gebracht.

Einsatzkräfte der Feuerwehr bergen die Teile von Friedmanns Helikopter. Die Kriminal- technische-Untersuchung weist einen Sabotageakt nach.

Die Menschen im Tal schließt Friedmann konsequent aus. Für ihn kommen nur die Besucher in Frage, denen er seine neueste Erfindung in groben Zügen vorstellte.

Dieser Spur wird nachgegangen. Bei den Hausdurchsuchungen findet die Kripo bei einem Wissenschaftler eine technische Zeichnung vom Rotorblatt des Hubschraubers, der im Tal geflogen wird. Die Beweise erhärten sich. Er wird verhaftet, obwohl er seine Unschuld wieder und wieder beteuert.

Hermann erhält die Erlaubnis seine Schwester bei sich zu behalten. Nichte Hilka wird nach geholt. Henriette übernimmt, so gut es geht, die Aufgaben von Esther Friedmann, die ihr bei den Aufgaben, in die sie hineinwachsen will, zur Seite steht.

Ein Aktenordner mit der Aufschrift Alexander Schröder fällt ihr in die Hände. Sie öffnet ihn, und findet alles, was man über Flugobjekte wissen muss. Mit diesem Ordner wendet sie sich Frau Friedmann zu. „Das ist privat. Sind wir nicht da, und Alexander ist mit seinen Aufgaben fertig, entwickelt er neue technische Verbesserungen. Das hat aber mit der Fliegerei nichts zu tun.

Verwahrlost gabelte Daniel ihn in Ungarn auf, und brachte ihn mit. Alexander ist sehr talentiert und für uns eine Bereicherung mit seinen Ideen. Für den Flugbetrieb interessierte er sich noch nie.

Passiert etwas unvorhergesehenes, übernimmt er den Betrieb, bis Noah und Hermann alle Prüfungen absolviert haben. Bitte das Telefon, und hol Noah und deinen Bruder."

Henriette eilt davon. „Daniel, du musst sofort kommen. Noah und Hermann sind schon auf dem Weg zu mir ins Büro. Beeil dich, es ist sehr wichtig."

Zur selben Zeit treffen die Männer ein. Daniel Friedmann sieht sich die Unterlagen an, und ruft seine Sicherheitsbeamten. Die Frage wo Alexander Schröder sich zurzeit aufhält, kann niemand beantworten. „Haben sie ihn nicht für 14 Tage beurlaubt?" „Wenn ich mit meiner Frau nicht anwesend bin, hat er hier zu sein. Das weiß er."

Durch Interpol wird die Suche nach Alexander Schröder eingeleitet.

Noah vertraut Hermann an, dass er schon damals in Henriette verliebt war, obwohl Henriette ihn in Kindertagen unerträglich ärgerte. „Mein sehnlichster Wunsch ist, sie zu heiraten." „Frag doch. Sie traut sich wegen der Vergangenheit wohl nicht, das zu zeigen."

Noah, ganz alte Schule, nähert sich mit einem riesigen Strauch Wildblumen, (ihre Lieblingsblumen) und macht ihr einen Antrag. Puterrot steht Henriette da, weiß nicht was sie sagen soll, und rührt sich nicht. Noah ungeduldig: „Sag schon ja." „Kannst du die Vergangenheit vergessen?" „Henriette, wir waren noch sehr jung. Kinder können sich gegenseitig sehr verletzen." Ich werde nie eine Andere lieben." Vor Rührung laufen ihr Tränen über das Gesicht. Glücklich liegen sie sich in den Armen.

Eine Relieftapete

„Otto, hast du schon gehört, das neue Tapeten-geschäft hat traumhafte Konditionen. Lass uns hin-gehen. Wir können das Zimmer meines Vaters als 2. Kinderzimmer einrichten. Vorher sollten wir tapezie-ren." „Woher willst du das Geld nehmen?"

„Wir müssen ja nur Tapete kaufen. Erst einmal gucken, und mit anderen Geschäften vergleichen. Tapezieren kann ich alleine, jetzt, da mein Vater im Heim ist."

„Donnerstag kann ich mir meinen freien Tag nehmen, dann schauen wir mal". Ilse strahlt ihn an.

„Du bist der Beste". „Meiner Liebsten kann ich doch nichts abschlagen."

Ilse fiebert dem Donnerstag entgegen.

Donnerstagnachmittag stehen Ilse und Otto vor dem neuen Geschäft.

Die Dekoration der Schaufenster ist sehr vielfältig. Ebenso die Preise. Der normale Preis von fünf bis 12 Euro pro Rolle der Tapete, ist mit 2,50 Euro deklariert. Hochwertige Ware beginnt bei 4,75Euro.

Verwundert betreten die Beiden das Geschäft. Sie halten sich an den Händen, damit sie sich in dem Gedränge nicht verlieren.

Ein Hinweisschild bringt sie in die Abteilung für Kinderzimmer. Hier ist kaum ein Kunde. An einem Stehtisch wird zu Kaffee und Kuchen eingeladen.

Ilse schwärmt: „Schau nur die Waldtapete. Die Ricke springt mit ihrem Kitz gleich aus dem Unterholz heraus. Sieht das nicht traumhaft aus? Bitte, nur die eine Wand damit tapezieren, an der das Bett stehen soll."

„Ilse hör auf zu träumen. Das sprengt unseren finanziellen Rahmen. Diesen Monat haben wir 45 Euro für Sonderwünsche zum Ausgeben."

Die Beiden merken nicht, dass sie von einer Verkäuferin beobachtet werden.

„Cora Neumann: „Kann ich ihnen helfen, suchen sie etwas bestimmtes? Kommen sie hier herüber. Bei einer Tasse Kaffee und, wenn sie möchten, einem Stück Kuchen, kann man sich besser unterhalten. Teilen sie mir ihre Vorstellung von der Gestaltung des Kinderzimmers mit."

Otto fragt nach dem Preis der Waldtapete.

„Zuerst einmal simulieren wir am Computer, wie das Zimmer aussehen soll. Es lässt sich so vieles machen, auch preislich."

Ilse, die von dem Anblick der Ricke und ihrem Kitz fasziniert ist, streichelt Mutter und Kind. Erschreckt zieht sie ihre Hand zurück und blickt um sich. Niemand hat etwas bemerkt. Verstohlen sieht sie zur Tapete hin. Sie befürchtet, dass durch die Berührung etwas kaputt gegangen sein könnte. Erleichtert atmet sie auf. Nichts ist passiert. Sie begibt sich zu ihrem Mann und Frau Neumann. Otto sieht seine Frau an: „Ist dir nicht gut, willst du nach Hause?" Frau Neumann lacht und fragt: „Konnten sie auch nicht wieder stehen? Haben sie etwas Ungewöhnliches bemerkt?"

Ilse antwortet zaghaft: „Eingebildet habe ich mir, das sich die Ricke bewegte, weil sie so lebendig erscheint."

„Es ist keine Einbildung. Diese Tapete ist ein neues Projekt und mit viel Technik ausgerüstet. Sie ist im Verhältnis zu anderen sensationell.

Die Tapete reagiert auf Berührung. Kommen sie, ich zeige ihnen die einzelnen Bewegungspunkte." Ilses Unsicherheit ist wie weg geblasen. „Frau Neumann darf ich? Ich glaube ich weiß, wo die Tapete sensibel reagiert." „Nur zu, Überraschen sie mich."

Ilse betrachtet die Tapete und drückt zaghaft auf das Kniegelenk am Vorderlauf. Das Bein bewegt sich so, als würde es laufen. „Es sind die Gelenkstellen die berührt werden müssen. Habe ich das richtig erkannt?"

„Der Ablauf einer jeden Bewegung kann bis zu einer Minute eingestellt werden.

Aktivieren sie alle Stellen hinter einander. Sie werden staunen."

Zaghaft gleiten Ilses Hände über Bäume, Mutter und Kind. „Otto träume ich? Kneif mich, damit ich erwache." Otto nimmt seine Frau in den Arm und sagt: „Diese Tapete müssen wir haben. Nennen sie uns den kleinsten Ratenkredit, um unser Konto zu belasten. Ist es möglich dieses technische Werk mit Anleitung selber an die Wand zu bekommen? Oder ist es für uns Laien zu schwierig? Wie hoch steigen die Kosten, wenn ein Fachmann beauftragt wird?" Frau Neumann unterbricht ihn. „Fragen über Fragen. Ich hole den Chef, er hat dieses Wunderwerk entwickelt."

Kurze Zeit darauf erscheint ein Herr in Ottos Alter. Die beiden Männer sehen sich verdutzt an.

„Sebastian du? Was machst du hier? Soviel ich weiß, bist du in Toronto."

„Und du Otto, du wolltest nach München, was ist passiert?"

„Mir ist Ilse über den Weg gelaufen. Wir bekommen ein Kind. Eins brachte sie als Geschenk schon mit. Meine Ausbildung hat sich verzögert. Noch ein Jahr, dann bin ich fertig."

„Warum ich nicht in Toronto bin, ist schnell erzählt. Ihr seid über meine Tapete gestolpert. Großmutter finanzierte meine Ideen nur unter der Bedingung, dass ich wieder zurückkehre.

Und da bin ich. Es gibt sicher eine Menge zu erzählen. Wo wollen wir uns treffen? Bei euch oder bei mir?"

Ilse, nicht mehr sprachlos, nimmt den Beiden die Entscheidung ab.

„Nur bei uns, dann lernst du gleich unseren Sohn Erik kennen. Otto war bei der Geburt dabei und adoptierte ihn. Mit der Schwangerschaft suchte mein damaliger Freund das Weite. Er unterschrieb, bei einer Heirat von mir, gibt er das Kind zur Adoption frei. Er weiß nicht einmal, ob es ein Junge oder ein Mädel ist. Mit seiner Neuen ist er ausgewandert. Erik ist inzwischen 3 Jahre und bekommt in 2 Monaten ein Schwesterchen."

Einige Tage später findet sich Sebastian gegen Abend bei Ilse und Otto ein. Der drei jährige Erik bewegt sich mit Geräuschen durch die Wohnung, die einem Trecker gleichen.

Otto und Sebastian, denen dieselbe Erinnerung durch den Kopf huscht, lachen.

„Otto, du kannst es nicht leugnen. Der kleine Erik ist ganz dein Sohn. Du warst der geborene Akustiker. Vögel, Regen, das Rauschen der Bäume, egal was, du hast jedes Geräusch nachgeahmt."

„Erik ist fasziniert, wenn ich zu seiner Belustigung Geräusche von mir gebe. Er errät sie, und äfft sie nach. Das ist sein Spiel."

„Da kommt mir eine Idee. Meine Tapetengestaltung könnte durch deine Gabe perfektioniert werden. Was hältst du davon, wenn du bei mir als Teilhaber einsteigst.

Ilse komm setzt dich zu uns und sag deine Meinung. Stell dir vor, du berührst auf der Waldtapete die Ricke. Durch die Bewegung des Beins entsteht Rascheln vom Laub. Was sagst du?"

Ilse: „Das wäre großartig. Wie stellt ihr euch die Umsetzung vor?"

„Nichts einfacher als das. Ein CD Spieler mit Waldgeräuschen kann untergebracht werden. Zusätzliche Stimmen von Waldbewohnern aufspielen, die sich auf der Tapete befinden. Eriks Stimme, der etwas entdeckt und in einen Baum geklettert ist. Er könnte auch von einem Hochsitz herunter schauen. Kinderstimmen kommen immer gut an."

Voller Ideen geht der Abend harmonisch zu Ende.

Die Erwachsenen sind sich einig. Der Betrieb neu aufgezogen, und Otto als Teilhaber eingestellt.

Die Zeit bis zur Geburt der kleinen Edith vergeht wie im Flug.

Erik, vernarrt in sein Schwesterchen, beschallt sie mit allen Geräuschen, die ihm einfallen.

Eine kleine Erdbeere

Eine kleine Erdbeere, noch nicht reif, will auf keinen Fall erwachsen werden.

Aus den Gesprächen ihrer erwachsenen Verwandtschaft weiß sie, wird man erwachsen, kann das sehr unangenehm sein. Scheint die Sonne, versteckt sie sich immer unter einem Blatt und hofft, so der Reifung zu entgehen. Den Erzählungen der alten Beeren lauscht sie und hört, eine rote Erdbeere wird gepflückt. Das ist die Erfüllung einer jeden Erdbeere.

Bei Kindern in den Mund wandern, der Traum einer jeden Erdbeere. Gekocht und als Marmelade in ein Glas gefüllt, ein Albtraum.

Entsetzlich für jede Erdbeere ist die Vorstellung, von einer Schnecke aufgegessen zu werden. Schnecken, die Erdbeeren aushöhlen, verursachen Schmerzen.

Kinder naschen Erdbeeren. Das ist für beide ein köstliches Erlebnis.

Die kleine Erdbeere, schon größer geworden, und nicht mehr richtig grün, ist verzweifelt.

"Was mach ich nur, wie verberge ich mich so lange, bis ich rot bin, um von einem Kind direkt in den Mund gesteckt und aufgegessen werde.

Sie streckt und reckt sich, bis sie sich unter dem nächsten großen Blatt verstecken kann. So richtig gefällt ihr das nicht. Sie ist ja eine Erdbeere, und eine Erdbeere liebt die Sonne. Ihre Situation ist sehr verzwickt.

An einem wunder schönen, sonnigen Tag geht ein kleiner Junge mit seiner noch kleineren Schwester durch die Reihen der Erdbeerplantage. Sie sehen die kleine Erdbeere, die inzwischen sehr groß und dick geworden ist, und sagen: „Du bist ja eine Monsterbeere. Wie schade, dass du noch nicht rot bist, dann könnten wir dich jetzt vernaschen."

Das Essen

Das Essen lecker zubereitet,

oft zum Schlemmen dann verleitet.

Gegessen wird zu viel,

das ist sicher nicht das Ziel.

Da der Rock und Hose zwicken,

auch mal Nähte aufgerissen.

Und der Bauch beginnt zu wackeln,

im Kopf da denkt man an den Dackel,

der von dem Frauchen neben an,

genudelt wurde dick und stramm.

Der arme Hund kriegt keine Luft,

bei dem Menschen steigt der Frust.

Hund und Frauchen dick und rund,

armes Frauchen armer Hund.

Zum Abnehmen iss nur noch Eier,

der Tipp kam von Herrn Egon Meier.

Als Päckchen oben drauf, wäre gut ein jeder Lauf.

Der Einkauf

Wenn ich kaufe ein, sollte ich nicht hungrig sein.

Betrete ich das Center, fallen mir auf fehlende Fenster.

Begrüßt wird man mit Bäckerduft, Brötchen, Kuchen Einkaufsluft.

Der Speichel läuft im Mund, noch sabbre ich nicht wie ein Hund.

Hunger - kann nicht sein, das Frühstück fällt mir wieder ein.

Die Bäckerei, sie lockt und lockt, bis der Atem stockt.

In der Cafeteria sitzt doch wer, winkt mit dem Arm – nun komm schon her.

Schau auf die Uhr, es müsst noch gehen, dass ich mir `nen Kaffee nehm.

Gemütlich sitzen wir zu Zweit – doch wer ruft denn da von Weit?

Durch die Schlange an der Kasse – sie ist da, heb meine Tasse.

Zu dritt am Tisch, erzählt wird viel. Sich treffen und Spaß haben, ist das Ziel.

Ca. 2 Stunden gemütlich vor Ort, dann trennen wir uns und gehen hier fort.

Weswegen ich da bin, hab ich vergessen. Wollt ich was kaufen zum Mittagessen?

Greif in die Tasche, es klebt was am Finger, etwas Süßes, vergaß es wie immer.

Ein Hustenbonbon durch Wärme gelitten, ist aus dem Papier geglitten.

Ein Finger mit Klümpchen, er klebt schon sehr, geh zur Toilette, Wasser muss her.

Beim Waschen der Finger, ich mich erinner.

Geh von Regal zu Regal, ja, da, der Aal.

Kartoffeln und Aal wollte ich heute essen, hätte ich doch fast vergessen.

Schikoree, Eisbergsalat und Karotten, die Mischung für Salat ist gut getroffen.

Zur Kasse schlendre ich gemütlich hin, es kommen Klamotten mir in den Sinn.

Was nicht auf dem Zettel steht, war mir durch den Kopf geweht.

Was war es noch, was wollt ich kaufen? Könnte mir die Haare raufen.

Jogginghose, Pulli, Schal – ich steh da vor – es ist `ne Qual.

Handschuhe sind es, wie konnt ichs vergessen, muss nur noch meine Größe messen.

Die Waren sind unendlich viele, auch trifft man auf Nachbarn in dem Gewühle.

„Moin, moin du auch hier, eine Bekannte steht vor mir."

Sie quasselt und quasselt, ich hör gar nicht zu, mache auch mal die Augen zu.

„Was gibt's bei dir Neues", hör ich sie fragen. „Ich muss nach Hause, ich hab es am Magen."

Den Wagen zur Kasse, die Handschuhe ich lasse.

Ich atme auf, sie steht noch im Gang, ein andres Opfer sie fand, ich hör es am Klang.

Ihre Stimme ist schrill, kaum zu ertragen, soll ich es ihr bei Gelegenheit sagen?

Das Opfer ist männlich, er tut mir so leid – entfernt sich sehr schnell von ihr im Streit.

Endlich zu Hause, ich mache erst einmal Pause.

Im Laden

Er liegt am Boden, strampelt, schreit.

Die Mutter ist nicht all zu weit.

Sie wartet ab, die Andern glotzen.

Eine fängt an, laut zu motzen.

Der arme Bub, was hat er denn?

Die Mutter geht weg, spricht, der olle Fenn.

Er zappelt und schreit nun nicht mehr,

schnell steht er auf, und rennt hinter her.

Eine andere Dame im mittleren Alter,

stellt kopfschüttelnd fest, genauso mein Walter.

Das tat er immer, wenn er nicht bekam,

was er wollte und sich alles nahm.

Egal welche Strafen ich mir ausdachte,

mal verbal und auch mal sachte.

Nichts half, bis ich genau wie sie vorhin,

damals aus dem Laden bin.

Der Körper

Die Beine sind zum Laufen.

Im Geschäft wir können kaufen.

Den Einkauf packt man in die Taschen,

darin ist auch mal was zum Naschen.

Bis man zu Hause angekommen,

die Süßigkeiten schon entnommen.

Spart man sich den Mittagstisch,

kann man sich machen etwas frisch,

um mit dem Hund, wenn man ihn hat,

lustwandeln in der nächsten Stadt.

Viele sind versessen, nach dem Mittagessen,

auf Kuchen und Kaffee oder gar ein Tässchen Tee.

Warum sich wundern, wenn man dick,

für diese Leute ist das schick.

Bei andern Leuten fragt man dann,

wie kann es sein, dass Fett kommt dran.

Ich esse doch so gut wie nichts,

ist wirklich so, bestimmt kein Witz.

Die Straße

Ich gehe durch die Straßen
und schlendre voll Erwarten.

Die sich kennen grüßen sich.
Kennt man sich nicht,
Grüß oft nur ich.

So kanns passieren mit der Zeit,
man stellt fest, man ist zu zweit.

Wie ging es vorher ohne ihn?
Verlorne Zeit, sie ist dahin.

Mit den Jahren kann es gehen,
vom Andern will man nichts mehr sehen.

Getrennt wird sich oft im Streit.
Aus ist mit der Zweisamkeit.

Wieder schlendert man dahin,

Erwartet einen Neubeginn?

Eine von Vielen

Glücklich vor Jahren ist sie gewesen,
hatte einen Mann und ein kleines Wesen.

Durch einen Unfall war der Mann dahin,
das Kind wuchs auf, s`war kein Gewinn.

Es machte Probleme von Jahr zu Jahr mehr.
Nach Jahren die Mutter war unglücklich sehr.

Sie hat es versucht mit all ihren Kräften,
ob man ihn ohne Geld kann „mästen".

Ohne Geld war die Verbindung zwischen Mutter
und Kind,
so schnell vorbei, wie im Sturm der orkanische
Wind.

So gingen viele Jahre vorbei.

Auch heute noch sind die Beiden entzweit.

Ein Riss wie dieser lässt sich nicht kitten.

In all den Jahren seine Kinder litten.

Keinen Kontakt zu ihrer Großmutter sie haben.

Er labt sich an seiner Wut auch noch in alten Tagen.

Von eingeschlafenen Füßen

Hier sitze ich auf meinem Po,
und meine Füße irgendwo.
Sie sind so kalt wie Eis im Schrank,
ich sie unterm Schreibtisch fand.

Sie schlafen ein, sie kribbeln stark.
Ich stehe auf, es ist ne Qual.

Mit den Händen, die auch kalt,
versuche ich es mit Gewalt.
Jeder Schritt, den ich will gehen,
schlimmer noch sind nur die Wehen.

Irgend wie schaff ichs mit Müh,
einen Kaffe ich mir brüh.

Das Kribbeln gleicht den Nadeln,

die Milch verschütt ich an die Wadeln.

Die Katze, die herbei geeilt,
das Leckerchen mit keinem teilt.

Auf dem Fuß da sitzt die Katz,
mir zusätzlich das Bein zerkratzt.

Im Fuß da kribbelt nun nichts mehr,
die Krallen merke ich zu sehr.

Ursula Kockelke

Jahrgang 1943, Beruf Zahntechnikerin 1982 in Ostfriesland gelandet. Mit ihrem verstorbenen Mann hat sie zusammen Boxer gezüchtet. In dem veröffentlichen Buch *Dramatische Hundeflucht aus der DDR* kann dieser Lebensabschnitt von ihr nachgelesen werden. Zurzeit bereitet es ihr große Freude, Ideen zu Papier zu bringen.